賢者の孫 Extra Story

伝説の英雄達の誕生

吉岡 剛

ファミ通文庫

イラスト／菊池政治

賢者の孫

Contents

Extra Story

プロローグ

アールスハイド王国。

この国は、貴族至上主義が主流の世界において、数代前から民衆優遇の政策を打ち出し、農業や工業の生産性を上げることに成功し、国力を増大させ、今や世界を代表する大国となっていた。

さらにこの王国では、ほぼ全ての国民に初等学院から中等学院まで義務教育と言っていい教育が施《ほどこ》される。

なので、この国では識字率《しきじりつ》も高く、『読み』『書き』『計算』はほぼ全ての国民ができるといっても過言《かごん》ではない。

そして、中等学院卒業時に特に優秀だった者は、さらにその上の高等学院に進学することが許される。

そして、数多《あまた》ある高等学院の中でも『専門高等学院』と呼ばれる特別な学院があった。

アールスハイドにある専門高等学院は三つ。

将来の官僚《かんりょう》や、商会の幹部を育成する『高等経法学院』。

卒業生はそのまま軍隊に入隊し、幹部となる『騎士養成士官学院』。

そして、優秀な魔法使いを育成し、輩出《はいしゅつ》する『高等魔法学院』がある。

広大なアールスハイド王国王都において、専門高等学院はこの三つのみ。

その高等学院に、王都中、いや国中の学生が入学を希望し集まってくるが、毎年定められた人員は百名のみ。

この学院に入学を許されただけで、相当なエリートなのである。

ここに入学できなかった者は別の私立の学院に行くか、この時点で自立する。

別の学院にて成績優秀で卒業したとしても、三大高等学院の卒業生とは明らかな区別をされてしまう。

それほど特別な学院である。

ある年、そんな名門アールスハイド高等魔法学院に、とある少年が入学してきた。

その少年は、筆記試験の結果で首席とはならなかったが、実技試験で圧倒的な力を見せ、実技トップの成績を収めた。

魔法学院の教員は、その圧倒的な力を見て、天才が入学してきたと色めき立った。

彼がこの高等魔法学院の名をさらに高めてくれると、教員の誰もがそう夢想するほどの力を、その少年は持っていた。

長い高等魔法学院の歴史上、最高の天才と言われた少年。

その名を『マーリン＝ウォルフォード』といった。

第一章 高等学院生活は退屈だ

「ふわぁ……」

アールスハイド高等魔法学院の校庭にある大きな木。

その木の太い枝に横たわり、大きな欠伸《あくび》をする学生がいた。

今はまだ授業中であり、学生がこんなところにいてはいけない時間である。

にもかかわらず、木の上で授業をボイコットしている少年。

その容姿は、あまり手入れしていない黒髪と、魔法使いにしては少しガッチリした体《たい》躯《く》を持ち、女性受けはしそうだが生意気《なまいき》そうな顔をしていた。

この少年こそが、入学試験の実技において圧倒的な力を示し、教員達をして天才と言わしめた少年。

マーリン＝ウォルフォードである。

教員達に大いに期待されて高等魔法学院に入学してきたマーリンは、教員達とは違い、大きく失望していた。

一握《ひとにぎ》りの人間しか入学することを許されない、アールスハイド王都の超エリート校。

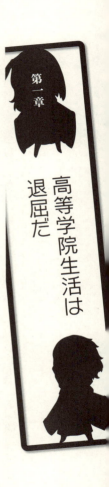

　さぞかし、凄い人間が揃っているのだろうと期待して入学したマーリンだが、その期待は大きく外された。

　確かに、魔法学院の生徒達は他の同年代と比べれば魔法を上手に使えているだろう。

　しかし、それだけだ。

　中等学院時代、マーリンは他の生徒と明らかに魔法の実力が違っていた。

　彼は、圧倒的に強者だった。

　魔力を制御する才能に恵《めぐ》まれ、どれだけ膨大な量の魔力を扱っても暴走させることはなく、攻撃的な彼がイメージする攻撃魔法は凄まじい威力を伴《ともな》っていた。

　そんな彼に敵《かな》う者はいなかった。

　中等学院にて魔法の才能があった人間には、その制御法を教えるため特別教室が設けられる。

　その特別教室での実習では、実力が違い過ぎるために、マーリンは参加を許されなかった。

　実力伯仲《じつりょくはくちゅう》の勝負を見せる他の同級生達を見て、マーリンは自分もそういうギリギリの勝負が、肌がひりつくような勝負ができる相手を求めていた。

　友人の一人が自分に近い実力を身につけ始めているが、それでもまだマーリンには及ばない。

　王国中のエリートが集まるこの学院ならば、きっと自分が求めているような強者《つわもの》がいるに違いない。

そう信じて入学したのだが……。

結果はマーリンの希望に副《そ》うものではなかった。

マーリンのいた中等学院が優秀だったのか、マーリンに引っ張られたのかは分からないが、特進クラスとも言うべきSクラスの半数は、マーリンと同じ中等学院の生徒であった。

それで察しもつくというものだろう。

自分が物足りないと感じていた中等学院の生徒が、この学院ではエリートとして扱われているのだ。

他の中等学院から来た者も実力はそう変わらない。

つまり、この学院にマーリンの求める者はいなかったのである。

加えて授業は、一人飛び抜けているマーリンを基準にして進めてはくれず、全体の平均を見て行われた。

王都の少年少女憧れの高等魔法学院の授業ですら、彼には生温《なまぬる》く感じられてしまったのだ。

「あーあ、つまんねえな。こんなことなら高等学院になんて進学しなきゃよかったぜ」

思春期特有というのか、行き場のないエネルギーを発散する場所を見失っていたマーリンは、その鬱憤《うっぷん》を溜めてしまっていくばかりで、毎日退屈な日々を送っていた。

彼ほどの実力があれば、高等魔法学院に進学しなくても、魔物ハンターとしては十分に、いや超一流になれるほどの結果を残すことができる。

やっぱり、そうしようかな？　と最近よく考えるようになった。

そんなことを考えているうちに、春の日差しにあてられていたマーリンを眠気が襲う。

退屈だし、このまま寝てしまおうと瞼《まぶた》が落ちた。

その時。

「ウォルフォード君!!」

木の下から、マーリンのことを大声で呼ぶ少女の声がした。

「やっと見つけた！　授業サボってこんなところで何やってるのよ⁉」

「ボーウェンか……」

うるさいのに見つかったと、舌打ちをしながら目を開ける。

「お前こそ、授業サボってこんなところにいていいのか？」

「あなたがいないから、先生に捜してこいって言われたのよ！　私だって授業を抜けたくなんてなかったわ！　どうしてくれるのよ⁉」

「だったら、授業に戻ればいいじゃねえか」

「あなたを見つけるまで戻ってくるなって言われたのよ！　本当に迷惑だわ！」

ガミガミうるせえなあ、とそう思いつつ、顔を真っ赤にして怒り狂っている少女に目を向ける。

すると、その横には見知った顔があった。

「なんだ、カイルもいたのか」

「なんだじゃないよ……ボーウェンさんの言う通りだよ。マーリンのお陰で授業がストップしてるんだ。全員揃うまで再開しないってさ」

「ちっ……面倒くせえことしやがって……」

「何が面倒なことよ！　学生が授業を受けるのは当然のことでしょう⁉　なんでいつもいつもサボってばかりいるのよ⁉」

「だってなあ……」

授業で得るものが見つからない。

そう言ったら、この少女はさらに怒るだろうか？

この、同じSクラスに所属し、真面目で向上心にあふれる少女、メリダ＝ボーウェンに向かってそんなことを言えば。

メリダは、赤い髪をポニーテールにし、眼鏡をかけた知的でクールな印象の美少女だ。

普段、こんなに声を荒らげることはないのだが、度重なるマーリンの所業に怒り心頭《しんとう》で大声を発したといった状況である。

下手なことは言わない方が得策だなと、マーリンは口を噤《つぐ》んだ。

そうして黙っていると、金髪で碧眼《へきがん》の優しそうな顔をした少年が声を掛けてきた。

「マーリンが授業をつまらないと思うのも無理はないけどね。ウカウカしていると追い抜かれちゃうよ？」

　マーリンの中等学院からの友人、カイル＝マクリーンである。

　彼は、誰に追い抜かれるのか固有名詞は出さなかったが、そう言った後マーリンに向けて不敵に笑った。

　優しそうな外見に違《たが》わず、普段挑戦的なことは言わない友人が、自分を挑発してきた。

「へえ……なんだよ。そんなに実力が上がったのか？」

「ここは高等『魔法』学院だよ？　一般教養に重点を置く他の学院と違って、毎日魔法についての専門的な授業が受けられるんだ。サボっている誰かさんに追いつくなんて時間の問題さ」

「へっ！　言うじゃねえか！」

「何なら試してみるかい？」

「上等だ！」

　これだよこれ！　俺が求めていたのはよお！

　やっと自分が求めていた展開になってきたと、ワクワクしながら木から飛び下り、カイルと模擬戦《もぎせん》を開始しようとした。

　メリダを無視して。

　そんな、自分を無視して盛り上がるマーリンとカイルを見て、メリダはプルプルし始めた。

「アンタ達！　私を無視して盛り上がってんじゃないわよっ‼」

メリダは、プルプルしている間に溜め込んだ魔力を一気に放出。

強力な雷撃《らいげき》を身に纏《まと》った。

雷撃により発生した静電気によってフワリと浮き上がるメリダの髪の毛。

まさに怒髪天《どはってん》を衝《つ》くといった様相《ようそう》だ。

その様子を見て、マーリンとカイルは焦《あせ》りだした。

模擬戦では自分達に敵わないだろうが、今の自分達はメリダの魔法に対する備えを一切していない。

一方的に魔法を撃ち込まれれば、さすがに洒落《しゃれ》にならないダメージを受ける。

マーリンは、なんとかその身に纏った雷撃を放出させないように、説得しようと試みた。

「お、落ち着けボーウェン。まずはその雷撃を解除しろ。な？」

「そ、そうだよボーウェンさん。そんなの放ったら危ないよ？」

「うるさい！　毎日、毎日、毎日毎日！　いい加減にしろおっ‼」

逆立った髪の毛と、怒りの表情と身に纏った雷撃が相まって、その様子は正に罪人を断罪する雷神のように見えた。

罪人はマーリン。巻き添えでカイルである。

そんな恐ろしい様相のメリダに思わず唾を呑《の》み込《こ》む二人。

何かいい言い訳をしなければ、あの断罪の雷撃が自分達を襲う。

マーリンならば魔力障壁《まりよくしようへき》で防げるかもしれないが、あれだけ怒っているメリダの魔法を防げば、さらなる怒りを誘発するに違いない。

なんとかして、魔法を解除させないといけない。

そう考えるマーリンと断罪したいメリダはお互いに視線を逸《そ》らさず睨《にら》み合《あ》う。

カイルは、そのあまりの緊張感にさっきから口が渇きっぱなしだ。

しかし、そんな緊張した事態に、突如として変化が訪れた。

髪の毛が逆立つほどに発生した静電気。

そして、高等魔法学院の女子制服は『スカート』である。

メリダの着用している制服のスカートがふわりと捲《まく》れ上《あ》がる。

突如として開かれた、女生徒の秘密。

思春期の男子にとって、そこから目を背けることなど可能だろうか？

マーリンとカイルの二人は、ついそこに目を向けてしまった。

「白……か」

つい、ポツリと声が漏れた。

女性は男性の視線に敏感である。

睨み合っていたマーリンの視線がそこに向いたことが分かった上に、マーリンの口から、その秘密を暴露されたとあっては……。

「ア、アンタぁ……」

メリダは羞恥《しゅうち》と怒りで真っ赤になり、そして……。

「死ねぇえ‼」

纏っていた雷撃を二人に向けて躊躇《ちゅうちょ》なく放った。

「ちょっ！　おま！　自爆だろ！」

「なんで僕まで！」

そして……。

「ぎょえええ‼」

マーリンと、巻き添えを食う形でカイルも雷撃の餌食《えじき》となった。

「さっさと戻るわよ！」

黒焦げになっている二人の襟首を持ち、身体強化魔法を駆使《くし》して少女が少年二人を引《ひ》き摺《ず》っていく。

そんなシュールな光景の中、引き摺られている二人は。

「コイツ……こんなに強かったか？」

「怒りのパワーで限界を超えたんだよ。ボーウェンさんは怒らせない方がいいね……」

「堅物の上に凶暴なのかよ……手に負えねえな……」

「何か言った⁉」

「「いいえ！　なんでもありません！」」

学院の歴史上最高の天才と言われ、同時に最大の問題児とも言われたマーリンの手綱《たづな》を、メリダが摑んだ瞬間だった。

この関係が、この後ずっと続くとは、この時の二人は知る由もない。

そして、それを見ていたカイルは。

「ふふ。マーリンに言うことを聞かせることができる女の子がいるとはね」

と、楽しそうにつぶやいていた。

◆

アールスハイド高等魔法学院の授業は、座学と実技で構成されている。

マーリンがメリダに引き摺って連れてこられたのは、実技の実習場所である魔法練習場である。

そこでは実技担当教師が、生徒達によってマーリンが連れてこられるのを待っていた。

そうしてしばらく待っていると、練習場の入り口が開き、マーリンを引き摺ったメリダが顔を出した。

「先生！　マーリン＝ウォルフォード君を連行してきました！」

「連行って……犯罪者じゃねえんだから……」

「あぁ⁉」

「……ちっ、なんでもねえよ」

練習場に入るなり口論を始めるマーリンとメリダ。

その様子を見た実技担当教師は、目を丸くした。

「ど、どうしたウォルフォード。我々教師の言うことも聞かないお前が、ボーウェンに逆らわないなんて……」

「別に、そんなんじゃねえよ」

女子生徒の秘密を見てしまった負い目があるとは言えないマーリンは、ぶっきらぼうにそう答えた。

「ちょっと、ウォルフォード君！　先生に向かってその口の利《き》き方《かた》はなに⁉」

「いちいちうるせえなあ。これだからクソ真面目な奴はよ」

「真面目の何が悪いのよ⁉　不良よりよっぽどマシだわ！」

「不良って誰のことだ⁉　コラ！」

「アンタしかいないでしょうが！」

口論を始めた二人を見て、またしても教師は目を丸くする。

マーリンは確かに天才であったが、同時に素行不良の問題児でもあった。

なので、同級生や上級生、果ては教師にまで喧嘩《けんか》を売ることはよくあった。

しかし、今その相手をしているのは、普段クールで真面目な印象しかなかったメリダなのである。

今まで見たことがないメリダの姿に、教師も戸惑っていた。

「お、おいマクリーン。ボーウェンはどうしたんだ？」

「いやあ。マーリンの行動に、とうとう堪忍袋《かんにんぶくろ》の緒《お》が切れたみたいで……」

とばっちりでメリダの雷撃を受けたカイルは、あははと笑いながら教師にメリダの変《へん》貌《ぼう》について説明していた。

「そ、そうか。あのボーウェンがなあ……」

今しがた訊《たず》ねたカイルも、メリダとギャーギャー喧嘩しているマーリンも、雷撃を受けた跡が見られる。

髪の毛がチリチリだ。

戻ってきたら、説教してやろうと構えていた教師だったが、既にメリダの雷撃による折檻《せっかん》を受けている。

さらなる説教や折檻はさすがに酷《こく》かと思えるほどの惨状《さんじょう》であったため、教師は別の罰を与えることに決めた。

そうこうしている内に、マーリンを捜しに行っていた同級生達も戻ってきた。

「あ、戻ってきてる」

「え？　ボ、ボーウェンさん？」

「うそ。ウォルフォード君とあんなに言い争ってるなんて……」

戻ってきた同級生達は、メリダがマーリンを連れて帰ってきたことに驚き、そして、普段声を荒らげるところなど見たことがないメリダが、マーリンと大声を上げて喧嘩している様子を、信じられないものを見るような目で見ていた。

「ウォルフォード！　ボーウェン！　喧嘩はそこまでにしろ！　いつまで経っても授業が再開できん！」

マーリンが戻ってきたのはいいが、いつまでも言い争いをしているお陰で授業が再開できない教師が、二人を窘《たしな》めた。

そのことにショックを受けたのはメリダである。

メリダは、今まで真面目な優等生として初等学院から中等学院、そしてこの高等魔法学院に至るまで、教師の信も篤《あつ》く、怒られたことなど一度もない。

それが初めて叱られてしまった。

メリダにとっては、これ以上ない屈辱である。

そのことが許せなかったメリダは、元凶とも言えるマーリンに向かって再び噛みついた。

「ちょっと！　アンタのせいで、私まで叱られたじゃない！」

「な⁉　お前だって、散々喚き散らしてたじゃねえかよ！」

「なによ⁉」

「なんだよ⁉」

再開してしまった二人の喧嘩。

その様子を見た教師は溜《た》め息《いき》を吐《つ》き……、

「いっ⁉」

「あうっ！」

「二人ともいい加減にしろ！　ほら、授業を再開するぞ！」

マーリンとメリダの頭上に拳骨《げんこつ》を落とし、無理矢理黙らせた。

そして、練習場の中央に向かっていく教師を見ながら、叩かれた頭をさすっていたメリダが呟《つぶや》いた。

「先生に叩かれた……」

初めて叱られただけでなく、拳骨までもらってしまった。

真面目な優等生であったメリダには、相当ショックだったのだろう。

目の端に涙が浮かんでいる。

マーリンの方は、ふてくされた表情はしているが、教師に叱られ、拳骨を食らうことなど、しょっちゅうだったのだろう。さして気にもしていない様子である。

そんなマーリンを見ながら、メリダは……。

「許さないんだから……」

恨みの籠《こ》もった視線をマーリンに投げかけていた。

マーリンは一瞬背筋が寒くなる感じを受け、ブルッと震え、周りを見渡した。

そして、自分を射殺《いころ》さんばかりに睨み付けるメリダと視線が合い……、

　これ以上の厄介《やっかい》ごとはゴメンだと、視線を逸らした。

　しかしメリダは、教師が授業を再開するまでずっと睨み続けていた。

「さて、ようやく授業を再開する訳だが……ウォルフォード」

「なんだよ？」

「ちょっと！　先生に向かって……」

「ああ、はいはい。分かったよ。なんですか？　先生」

　教師に向かって生意気な返事をしたマーリンをメリダが窘め、マーリンは鬱陶《うっとう》しそうに言葉を直した。

　その様子に、教師は少し意外そうな顔をした後、マーリンを指名した理由を話し始めた。

「今日の授業はな、魔力制御がどれくらいできるのかの確認と、その最大値での魔法の発動だったんだがな。まずは、お前に見本を見せてもらおうかと思ってな」

「なんで俺が？」

「今まで散々授業をサボってきた罰だ」

「ちっ……」

　罰と言われてしまえばしょうがない。

　今まで授業をサボってきたのは事実だ。

　しょうがねえなと、マーリンは皆の前に進み出た。

「まず、制御できる最大値まで魔力を集める。その後、あの的に向かって、なんでもいいからそのまま魔法を撃ちなさい」

「へいへい」

「またっ！」

「はーい」

いちいち突っかかってくるメリダを軽くあしらい、返事をし直したマーリンは、教師に言われた通り、魔力を制御し始めた。

「なっ……！」

「うおっ！　これは⁉」

「凄いな……」

そしてその様子に……生徒だけでなく、教師まで息を呑んだ。

マーリンが集め出した魔力は、マーリンの周囲に渦巻くように集まり、その勢いは一向に衰《おとろ》えることがない。

魔法の素養がない一般人でも感じ取れるほど、膨大な量の魔力が集まっている。

ましてや、ここにいるのは全員が魔法使いである。

可視化しそうなほど濃密に集められた魔力に、誰もが戦慄《せんりつ》を覚えた。

そしてそれは、マーリンと中等学院から一緒だった生徒も同じだった。

「マーリンの奴……こんなに魔力が扱えるようになってたのか？」

「そりゃ、模擬戦禁止されるわけだわ……」

「お前達も知らなかったのか？」

マーリンの魔力制御に驚いている中等学院時代からの同級生に、教師が訊ねた。

中等学院時代には、魔力制御を中心に教えていくはずだ。

それが知らないとはどういうことかと、疑問に思ったのである。

「確かに、初めのうちは一緒に練習してましたけど、あまりに制御する魔力量が多すぎて、僕らの練習の邪魔になるからって、隔離《かくり》されたんですよ」

「俺らが知ってるのは、その最初の頃だけです。その後、マーリンは俺らと模擬戦することを禁止されてたんで……」

「その初めの頃の魔力制御量でも驚いたのに、今のこれは……」

カイルを始めとした元同級生達が、口々にその理由を話しだす。

そうして話している間も、魔力量は増えていく。

「……ここまで魔力制御ができるようになっていたとは予想外です」

元同級生達は、いつの間にか途轍《とてつ》もない量の魔力を制御できるようになっていたマーリンに驚愕《きょうがく》していた。

そんな中で、カイルだけは涼しい顔でマーリンが魔力を集めているのを見ていた。

「マクリーンは、あまり驚いていないな」

「ええ。僕はマーリンの練習に付き合ってましたからね」

マーリンの集める魔力量が多すぎるため、魔力制御を覚えたての人間は自分の制御する魔力が分からなくなってしまう。

そういう理由で隔離した場所で練習をさせられていたマーリン。

だが、皆の練習の妨げになるとはいえ、一人だけ隔離して練習をさせるのはさすがに可哀想だ。

そう考えた中等学院側は、唯一マーリンの魔力制御の影響を受けず魔力制御ができる生徒ということで、カイルをマーリンと共に練習する相手に選んでいた。

そのお陰か、カイルの魔力制御量も、マーリンほどではないとはいえ同い年の人間と比べると格段に多くなっている。

「っと。集めた魔力が収束していきますよ。魔法を放つ気です」

「なっ！　しまった！」

カイル達の話を聞くことに集中してしまった教師は、マーリンの方を注意して見ることを怠《おこた》ってしまった。

教師は最初にこう言った。

『制御できる最大値で魔力を制御した後は、そのまま魔法を放て』と。

あの魔力量で魔法を放てば、どういうことになるのか……。

マーリンがかざした手の先に炎が生まれ、細長い形状に変化していき回転が加えられる。

そして……。

「ウォルフォード！　ちょっと待……」

教師の制止も虚しく、魔法は射出《しゃしゅつ》された。

そして、設置された的を完全に破壊した炎の槍は、勢い衰えずそのまま的の後ろの防御魔法が施されている練習場の壁に、大音響をまき散らして着弾した。

その勢いは凄まじく、建物が壊れるのではないかと心配するほど魔法練習場を震わせた。

「これでいいか……いいですか？」

またメリダに文句を言われる前にと言い直したマーリンは、返答がないことに首を傾げ、周りを見渡した。

するとそこには、頭を押さえてしゃがみこみ、唖然《あぜん》とした表情を浮かべる教師と生徒達の顔があった。

「いい訳ないよ。やりすぎ」

そんな中で唯一平然《ゆいいつへいぜん》としていたカイルが、マーリンに向かって言い放った。

「む。だけど、全力でやれって言ったぞ？」

「はあ……マーリンは、もうちょっと他の魔法使いのレベルを知ろうか？」

「そんなこと言ったってな。他っつったら、中等学院の教員とお前くらいしか知らねえんだからよ。お前だって、似たようなもんだろ？」

「最終的に同じような結果は出せそうだけどね。僕の魔力制御はあそこまで非常識じゃないよ」

「なんだよ、自分だけいい子振りやがって」

「空気が読めるって言ってくれるかい？」

そんな二人のやり取りを教師と生徒達は信じられないものを見る目で見ていた。

信じられない量の魔力。

その結果、強固な防御魔法が施されている練習場を壊しかねないほどの威力の魔法。

そのいずれもが、今まで見たこともないような規模であったのだ。

そして、カイルという少年も耳を疑うことを言った。

マーリン程の魔力制御はできないが、同じような結果は出せると。

それはつまり、魔法に対する理解度が相当に高いことを示している。

元同級生達も、いつの間にか自分達と大きな差ができてしまっているマーリンとカイルを、嫉妬《しっと》と羨望《せんぼう》の眼差《まなざ》しで見ていた。

天才と秀才。

そんな言葉が、自然と彼らの頭をよぎった。

「なんで……なんであんな奴が……」

それは、メリダも同じだった。

自分は、真面目に一生懸命魔法の勉強と鍛錬を行っているのに、マーリンのそれは自分を遙かに凌駕《りょうが》していた。

明らかに才能に差があった。

自分の努力を、才能というものに否定された気分になったメリダは。

「やっぱり……アイツ嫌いだわ」

そう呟いた。

◆

メリダには夢があった。

昔から疑問に思い、なんとしても達成したかった夢が。

そのためには高い魔法への理解が必要である。

なので彼女は高等魔法学院の門を叩いた。

そこには素晴らしい日々が待っていると信じて疑っていなかった。

しかし、そこで出会ったのは、圧倒的な魔法の才能を持ちながら、真面目さの欠片《かけら》もない少年であった。

メリダは理不尽を感じずにはいられなかった。

なぜ、魔法の力を欲している自分には並の才能しか与えられず、やる気のない人間に圧倒的な才能が与えられるのか。

だからメリダはマーリンに突っ掛かった。

どうしても抑えられなかったのである。

◆

メリダが、マーリンに対して遠慮をしなくなってから、マーリンは授業をサボることはなくなった。

というか、サボろうとするとメリダに追いかけられ、また不毛な言い争いが起きる。

そのことを面倒くさがったマーリンが、メリダに文句を言わせる隙をなくそうと授業をサボることをやめるようになったのだ。

そんな友人の様子を、カイルは微笑《ほほえ》ましいものを見る目で見ながら、授業をサボらなくなったことは喜ばしいことだと思い、そうさせたメリダに一目置くようになっていた。

そんな友人同士であるマーリンとカイルは、行動を共にすることが多いのだが。

「……で？　なんで、ボーウェンも一緒にいるんだよ？」

なぜかマーリンがカイルといると、メリダも一緒にいるようになった。

「なに？　別にアンタのことなんかどうでもいいんだけど？」

「はあ？」

「マクリーン君。さっきの授業のことなんだけどさ……」

「ああ、あれはね」

マーリンは、なんでメリダが一緒にいるのかと聞いたのだが、それに対する明確な答えは返ってこず、代わりにメリダはカイルと授業について話し始めた。

マーリンとしては、自分を無視されていい気がする訳がない。

「おい！　無視してんじゃねえよ！」

「はあ……うるさいわね。私は、マクリーン君に用事があるのよ」

「はあ？　カイルに用事？」

「そうよ。マクリーン君に魔法のことで色々と聞きたいことがあるのよ」

メリダは、自分ではなくカイルに用事があるという。

しかもその内容は、魔法についてカイルに質問することだという。

そうなると、マーリンは面白くない。

魔法の実力なら、カイルより自分の方が上なのだ。

なのにメリダは、自分ではなくカイルに話を聞きたいという。

「なんで俺には聞かないんだよ？」

まるで自分の実力が認められていないように感じたマーリンは、メリダに聞いた。

するとメリダは、一つ溜め息を吐いてマーリンに訊ねた。

「じゃあ、アンタが魔法を使う時、どういう風にして使ってる？」

メリダに質問されたマーリンは、待ってましたとばかりに自分が魔法を使う時の様子を話し出した。

「まず、こう魔力をグワーッと集めるだろ？　そしたら、魔法のイメージをしながらブワッと魔法をぶっ放すんだ！」

「はぁ……」

得意げに話したマーリンに向かって、メリダは深い溜め息を吐いた。

「む、なんだよ？」

「マーリン……その説明で理解できるのは、マーリンだけだよ」

呆《あき》れた様子のメリダに対し、心外な表情をしたマーリンに向かってカイルが口を挟んだ。

「マーリンは天才肌だからねえ。魔法も感覚で使ってるんだろ？　その感覚を口で言い表すのは無理だって」

「だからアンタには聞かないのよ。聞いたって無駄だからね」

確かにマーリンは、今まで魔法を感覚的に使っていた。

彼にとって魔法とは、なんとなく使えるものであり、あまり深く考えたことはなかったのだ。

ゆえに、実技は一位だが、筆記が悪く、首席にはなれなかったのである。

「カイルは、頭で考え過ぎなんだよ」

「僕の場合は、頭で考えないと、マーリンには遠く及ばないからね。必然的にそうなるんだよ」

　対する友人のカイルは、魔法に対する深い理解力を示し、マーリンに匹敵《ひってき》する魔法の実力を持っていた。

　当然、筆記も優秀な成績を収めたため、カイルは入試首席になっていた。

「マーリンほどの才能がない人間の悪あがきだけどね」

「アンタみたいな感覚でものを言う人間より、理論的に話せるマクリーン君に聞く方がよっぽど為になるわ」

「ハハ。凡人のやり方だからね。それが役に立つなら喜んで教えるよボーウェンさん」

「メリダでいいわ。マクリーン君」

「なら、僕もカイルでいいかな、メリダさん」

「分かったわ、カイル君」

　自分の魔法の使い方を完全否定されたうえに、二人で仲良く話すカイルとメリダ。

　カイルは俺の親友なのにと、さらに気分を悪くしたマーリンは。

「言っとくけど、カイルは俺の親友だからな？　お前が嫌がったって俺がずっと一緒にいるんだぞ？　分かってんのか？」

　カイルと自分は常に一緒にいるんだぞと、せめてもの抵抗をしてみた。

　するとメリダは、意外な理解を示した。

「本音を言えば、アンタはいなくていいんだけどね。でも、私が二人に割り込む形になるんだし、さすがにどっか行けとは言わないわよ」

「言ってんじゃねえかよ！」

「だから、本当はそう言いたいって言ってんでしょ！」

「ま、まあまあ。二人とも落ち着いて……ここ廊下だよ？」

また喧嘩を始めたマーリンとメリダの二人を、カイルが仲裁する。

そして、ここが学院の廊下であり、多くの生徒達の目があることに気付いたマーリンとメリダは、慌てて喧嘩を止め、相手を睨んだ。

二人とも同じ動作をしたため、睨み合う形になり、そのままメンチを切り合う二人。

「はあ……仲良くしてよ、二人とも……」

カイルのぼやきを、二人は聞いていなかった。

◆

カイルに魔法のことを教えてもらいたいために、メリダがカイルとよく話すようになった。

そのカイルは、マーリンの中等学院時代からの親友である。

というか、マーリンにはカイル以外に親しい友人はいない。

なのでマーリンは学院にいる時間、ほとんどカイルと一緒にいることになる。

そうなると当然。

「なんだよ。また来たのかよ」

「なによ。アンタに用はないわよ」

マーリンとメリダも、カイルを介して一緒にいる時間が多くなった。

最初は顔を合わせれば即喧嘩になっていた二人も、少なくない時間一緒にいると、お互い認め合ってはいないものの、会えばすぐ喧嘩をするようなことはなくなった。

それでもたまに口論になり、それをカイルが困った顔をしながら宥めることが、魔法学院の名物になりつつあった。

そうしているうちに、いつしかこの三人組が一つのグループとして、周りから認知されるようになっていた。

そしてこの三人が、非常に目立っていたのである。

マーリンは粗野《そや》な態度が目につくが、黒い髪とその好戦的な性格が現れたような顔つきのワイルド系の美形。

カイルはそれに反して優しい内面が現れたような、金髪碧眼の王子様系の美形である。

そこに、知的でクールな印象の美少女が加わった。

元々、天才と秀才のコンビとして目立っていたところに、またしても秀才であるメリダが加わったのである。

この三人は一年だけでなく、魔法学院全体で見ても目立つようになっていた。

そんなマーリン達を見ている周りの最近の関心事は、メリダがどちらと付き合うようになるのかということであった。

中には、メリダがどちらと付き合うようになるのか賭ける者まで現れ、それに多くの生徒が参加していた。

周囲の予想では、カイルと付き合うようになるという者が圧倒的に多数。

マーリンと付き合うと予想する者は少数派だった。

「やっぱりマクリーン君でしょ。秀才で優しいなんて超狙い目じゃない」

「あら、真面目な男とか退屈でしょ？　ウォルフォード君の方がドキドキするわ」

「そりゃアンタの趣味でしょ！」

「ボーウェンさんもきっとそうよ！」

そんな女子達の会話があちこちでなされていた。

ちなみに、男子達の意見はカイル有利である。

そんな賭けや話題の対象となっていることなど露《つゆ》ほども知らない三人は、常に一緒に行動をし続けていた。


そんなある日のこと。

最近は昼食も三人で取ることが多くなり、今日も食堂で昼食を取っていたのだが、マーリンにはずっと気になっていたことがあり、メリダに質問をしてみた。

「なあ、ボーウェン」

「なによ？」

サラダとパスタのセットを食べていたメリダが、急に話しかけてきたマーリンに警戒の視線を向ける。

マーリンは、そんなメリダの様子などお構いなしで、言葉を続けた。

「お前さあ、なんでそんなにカイルに魔法のこと聞きたがる訳？　カイルに惚《ほ》れてんの？」

「なっ⁉　ゲフッ！　ケホッ！　ちっ、違うわよ！」

マーリンに問われたメリダは、食べていたパスタを喉に詰まらせ大いにむせた。

そして、まさかそんな質問が投げかけられるとは夢にも思っていなかったため、メリダは思わず強く否定してしまった。

「……そんなに力強く否定しなくても……」

そして、その力強い否定にカイルは少しショックを受けていた。

「あ、ゴ、ゴメン！　そういう意味じゃなくて！　私は純粋に、魔法を教えてもらいたいだけなの！」

自分の言葉で少しショックを受けてしまったカイルに慌てて言い訳をするメリダ。

だがマーリンは、そんなカイルとメリダを気にするでもなく話を続ける。

「だからさ、それが不思議なんだって。カイルはまあ……一応俺のライバルだし？　強くなろうとしてんのは分かるけど、なんでお前はそんなに強くなりたいんだよ？」

魔法といえば、イコール攻撃魔法のことを思い浮かべるマーリン。

そしてメリダは、あまり戦闘に向いていそうにない容姿をしている。

見た目に反して戦闘が好き……という訳でもなさそうだ。

なら、メリダがカイルと一緒にいる行動原理としては、カイルに惚れているためで、魔法を教えてもらうというのは、そのための理由付けなんだろうというのがマーリンの予想だった。

しかしメリダは、マーリンのその言葉に対して反論した。

「なんで男っていうのは、魔法イコール攻撃なの？」

「攻撃だろ？」

「それだけじゃないわよ」

メリダのその言葉に、カイルが気付いた。

「ああ、魔道具か」

「そう」

「ん？　あれも攻撃用ばっかじゃん」

「それがおかしいのよ！」

カイルの答えは的を得ていたらしいのだが、マーリンはそれに疑問を覚えた。

魔道具といえば、魔物討伐や戦争の際に魔法が使えない兵士でも、疑似的《ぎじてき》に魔法が使えるようになる攻撃用の魔道具が主流だ。

やっぱり強くなりたいんじゃないかと思ったマーリンの思考に対し、メリダは反論した。

「魔道具には、もっと可能性があるはずなのよ！　それなのに新しく作られる魔道具は攻撃用の魔道具ばっかり。研究されてるのもそればっかりなのよ？」

熱く語りだしたメリダに、マーリンとカイルはちょっと驚く。

メリダが、こんなに熱く自分の想いを語るのは初めてだからだ。

そんな視線に気付いていないのか、メリダは語り続ける。

「確かに魔法といえば攻撃のイメージが強いわ。でも、魔法でできることってそれだけじゃないでしょ？　例えば、暗闇で光を灯したり、炊事《すいじ》のための火を熾《おこ》したり」

確かにそうかもと、二人は考えた。

魔法は、なにも攻撃用のものばかりではない。

メリダが言ったこと以外にも、水の魔法で飲み水を出したり、土の魔法で壁を作ったりと、色んなことができる。

「でも、それって魔法使いじゃないとできないでしょう？」

「そりゃそうだ」

「それを、魔法使い以外の人でも使えるようにしたいの。そのためには一から魔道具を作る必要がある。だから、魔法のことを根本的に詳しく知りたいのよ」

魔道具を、戦闘以外の用途に使えるようにしたい。

そのためには、十分な知識が必要だ。

だから、理論的な魔法の使い方をするカイルに魔法を教えてもらっているのだと、メリダはそう告げた。

理由を言われて、マーリンは納得した。

確かにカイルは、魔力制御量では自分に劣るものの、その魔力の使い方で自分に匹敵する力を付け始めている。

魔道具を作るには、繊細《せんさい》な魔力操作と魔法の知識が必要だ。

その知識を得るのに、カイルに教えを乞うのは確かに効率的だ。

と、そうマーリンは納得していたのだが、カイルの方は内心で少し落ち込んでいた。

メリダは、誰もが認める美少女だ。

そんな美少女が、自分に積極的に話しかけてきてくれている。

そのことに対して、気分が悪いわけがない。

むしろ、この可愛い少女は自分のことが好きなのではないか？　とそんなことさえ思っていた。

そして、男とは単純なもので……自分を好いてくれているんじゃないかと思う女子のことを、簡単に好きになってしまうものだ。

カイルも、その例に漏《も》れず、メリダのことが気になり始めていた。

ところが、今回の完全否定である。

告白もしていないのに、なんとなく失恋した気分になっていたカイルは、複雑な心境になると共に、メリダに振り向いて欲しいという感情が芽生《めば》え始めていた。

自分の発言でカイルを落ち込ませていたとは露《つゆ》ほども思っていないメリダ。

そのメリダは、自分が魔法について勉強している意味を告げたが、自分のことを話した後は他の人のことが気になった。

特に、今すぐにでもハンターになれる実力があり、高等魔法学院の授業をぬるく感じているマーリンがなぜ進学してきているのか。

メリダはどうしても気になり、聞いてみることにした。

「ねえ、ウォルフォード君。ちょっと聞いてもいい？」

「ん？　なんだよ。魔法のことか？」

「アンタに聞く訳ないでしょ！　そうじゃなくて、アンタなんでこの学院にいるの？」

聞きようによっては、なんでお前みたいなのがこの高等魔法学院にいるのかと言っているようなものである。

そして、マーリンもそう受け取った。

「は？　俺がこの学院にいちゃおかしいのかよ⁉」

そこで、メリダは自分の聞き方が悪かったことに気が付いた。

「はあ？　そんなこと言ってないでしょ⁉」

「そう言ってんじゃねえかよ！」

気付いたが訂正しようとはしなかった。

またしても睨み合う二人に、苦笑を浮かべたカイルが救いの手を差し伸べる。

「まあまあ、マーリン落ち着いて。メリダさんが聞きたいのは、マーリンなら高等魔法学院に来なくても十分魔法が使えるのに、なんで学院に通ってるのか？　ってことでしょ？」

「そうよ！　最初からそう言ってんじゃない！」

「言ってねえよ⁉」

カイルの言葉を素直に認めるメリダだが、マーリンは納得できない。

できないが、せっかくフォローしてくれたカイルの温情を無視することもできない。

結果、渋々だがその理由を話し始めた。

「お袋が行けっつうから進学したんだよ」

「え？　お母さんに言われたから学院に通ってるの？」

マーリンの言葉に、メリダは少し馬鹿にしたような口調でそう言った。

こと魔法に関していえば、マーリンには全く歯が立たない。

しかし、すでに成人している身であるのに、その進路を親に決めてもらっているというマーリンに、若干の優越感《ゆうえつかん》を覚えたのである。

マーリンはそのメリダの言いようにイラついたが、その誤解は解いておかないといけないと思い、言葉を続けた。

「俺んちよ、親父がいねえんだわ」

「え？」

突然のマーリンの告白に、メリダは言葉を失う。

「俺が産まれてすぐにな、ハンターだった親父は、帝国との戦争に義勇兵《ぎゆうへい》として参加して死んじまったんだと」

「そ、そうなんだ……」

急に重い話が始まり、メリダはそう返すしかない。

なんで急にそんな話を始めたのか疑問に思うが、今は言葉を挟んではいけない気がして、メリダはマーリンの言葉を待った。

「親父がいねえからよ、お袋が朝から晩まで働いて、女手《おんなで》一《ひと》つでおれを育ててくれたんだ」

「……」

そのあまりに重い話と、マーリンの母親の苦労を思い、メリダは相槌《あいづち》を打つこともできなくなっていた。

「幸い、俺に魔法使いとしての素質があったし、中等学院の頃にはもうそれなりの実力がついてたからな。中等学院を卒業したら、そのまま魔物ハンターになって、お袋に楽をさせてやりたいと思ってたんだ」

「……私も、アンタならそれでやっていけそうな気がしたから聞いたんだけど……」

ようやくマーリンが学院にいる理由が聞けそうになり、先を促すようにメリダが言葉を発した。

「俺が魔物ハンターになりたいつったら、お袋に『ガキが余計な気を回すな！　せっかく高等魔法学院に行けるだけの才能があるのに、それを無駄にすんな！』ってどやされてよ」

「それは……」

マーリンの粗野な性格は親の影響によるものらしかった。

それも母親の……。

そのことを感じたメリダは、別の意味で絶句した。

「でもまあ、そんなの俺の勝手だろ？　だから、指図すんな！　って言ったんだけどな『死んだアンタの父ちゃんは、高等魔法学院に入ることが夢だった。でも入れなかった。いつかお前が高等魔法学院に入れたらいいなって、アンタが産まれた時にそう言ってたんだよ』って言われちゃな……」

「……」

意外過ぎたマーリンの身の上話に、メリダはまたしても言葉が出ない。

マーリンが高等魔法学院に進学したのは、自分の意思ではなく、今は亡き父親の遺志を叶えてほしいと母親が願ったからだった。

そもそも、学院には行かず魔物ハンターになろうとしていたのも、母親に楽をさせてやりたいからだと言っていた。

それを聞いたメリダは、マーリンに対する印象が劇的に変わった。

粗野で好戦的な不良という印象から、親を思いやる優しい少年へと変わってしまった。

メリダはそんな自分の気持ちの変化に驚き、戸惑った。

しかし、今まで散々悪態《あくたい》をついてきたマーリンに対して、急に態度を変えることもしたくない。

なので、メリダの口からは相変わらずの言葉が出てきた。

「ふ、ふーん。そうなんだ。アンタにしちゃまともな理由だったわね」

「うるせえよ。言っとくけど、誰にも言うんじゃねえぞ。恥ずかしいから」

親のことを思い、親の願いを叶えるために進学したというのに、それが恥ずかしいから言うなという。

少し赤くなりながら、不遜《ふそん》な態度を取ろうとするマーリンのことを、メリダはなんとなく可愛いと感じてしまった。

内心では親のことを大事にしているのに、一生懸命悪ぶろうとする。

そんな態度に、一瞬胸がキュンとしてしまった。

そのことにまたしても驚き、そんな訳ない！　と首をブンブンと横に振ってその感情

を誤魔化《ごまか》した。

「……どうしたボーウェン、頭がかゆいのか？」

「違うわよ！」

思いっきり勘違いしているマーリンに、若干腹立たしく思いながら否定の言葉を放った。

「なんだよ。変な奴」

そして、マーリンから『変な奴』と言われたことに、少し胸が痛んだ。

そんなメリダの様子を、カイルは驚きと若干の嫉妬を含んだ心境で見ていた。

◆

マーリンに対する印象が変わってしまった後も、メリダはその気持ちを誤魔化すように、今までと変わらずキツく当たっている。

マーリンの方は、そんなメリダの心境の変化に気付くはずもなく、今まで通りメリダに対し、面倒くさい奴という感想しかなかった。

それゆえに、マーリンのメリダに対する態度もいつも通りである。

違っているのは、マーリンに今まで通りの対応をされたメリダである。

マーリンに鬱陶しそうな態度を取られるたび、メリダは心苦しい思いをするようになった。

メリダは必死にその心情を隠しているため、マーリンは一切気付いていない。

しかし、そばでその様子を見ているカイルには、そんなメリダの変化がよく分かった。

そっけない反応を返されることが分かっているのに、態度を改められないメリダのことを、カイルは気の毒そうな、しかしその感情がマーリンに向けられていることに若干の嫉妬を感じながら見ていた。

ある日のこと、マーリンが教員室に呼ばれてしまったため、メリダとカイルの二人になる時間があった。

カイルと二人きりになったことで、メリダは油断してしまい、溜め息を吐いた。

それは、自分の気持ちに素直になれないからなのか、そんな関係に疲れてしまったのか、メリダの顔には少し疲れというか憂いが浮かんでいた。

「メリダさん、大丈夫？」

「え？　なに？　カイル君」

大丈夫かと声を掛けたカイルに対し、メリダはなんでもない様子を装《よそお》って返事をした。

そんな気遣いをしていることも、カイルには分かった。

そして、憎からず想っている相手の意識が自分ではなく、自分の親友に向いていることに、少し暗い感情が湧《わ》き上がるのも感じていた。

しかし、カイルは自分のことより他人を気遣う少年だ。

その感情を露《あらわ》にすれば、メリダとの関係も、マーリンとの関係も壊れてしまう気がして、決して表に出すことはなかった。

なのでカイルは、いつもの優しげな表情のまま、メリダに問いかけた。

「なにか辛そうというか、疲れてるというか、そんな感じがするよ？」

「そ、そうかしら？　いつもと変わらないと思うけど？」

必死に自分の変化を隠そうとするメリダだったが、しばらく考える素振りをしながら、カイルにあることを訊ねた。

「ねえ。カイル君は知ってた？　ウォルフォード君の進学の理由」

「うん、知ってたよ。マーリンのお母さんに会ったこともあるし」

「へえ、どんな人なの？」

「なんていうか、パワフルな人だよ。女手一つであのマーリンを育ててるんだ。家じゃしょっちゅう喧嘩してるよ」

「フフ、なんか想像できるなあ」

家でマーリンが母親と喧嘩している光景を想像したのだろう。楽しげに微笑むメリダに一瞬見とれたカイルだが、内心とは反対なことを言った。

「マーリンにも、そうやって笑ってあげればいいのに」

口に出した瞬間から、カイルは少し後悔をした。

これではメリダの後押しをしているみたいではないか。

だが、彼はお人好しだった。

悩んでいるメリダに対して言わずにはいられなかった。

その結果、自分が傷付くとしても。

そんな内面をおくびにも出さないカイルからの助言に、メリダは顔を真っ赤にしながらアワアワしていた。

「なっ！　ななな、なにを言ってるのかしら⁉　カイル君！」

「だって、マーリンにキツイ態度を取って、その後なにか言われるたびに傷付いた顔してるじゃない」

メリダへの言葉を積み重ねるたびに、自分の心が傷付いていくのを感じながらも、お人好しの彼はメリダの悩みに対して言葉を止められない。

「マーリンだって、メリダさんみたいに可愛い子から笑いかけられたら悪い気はしないと思うよ？」

「そ、そうかしら……」

さりげなく、自分もメリダのことを可愛いと思っていると告げたのだが、メリダはそれどころではない。

マーリンが、自分を可愛く思ってくれているのだろうかと、そんなことばかり考え、カイルの自己主張には気付かなかった。

自分のことを完全にスルーされてしまったカイルは、はっきり言ってないのだから無理な話かと自分を納得させ、それでも少し悔しかったので少し意地悪してみた。

「それにしても、マーリンみたいな不良にメリダさんみたいな優等生がねえ。これってお約束なのかな？」

「なっ⁉　そ、そんなんじゃないわよ！」

メリダは煽《あお》られると否定するだろう。

そう思って言ってみたのだが効果覿面《こうかてきめん》だった。

つい、強い口調で反論してしまったメリダは、それ以上マーリンの話ができなくなってしまった。

（我ながら意地が悪いな）

カイルがそう思っていると、タイミングが良いのか悪いのかマーリンが教師のもとから帰ってきた。

「なんだぁ？　デッカイ声出して。カイルと喧嘩でもしたのか、ボーウェン？」

「違うわよ！」

「な、なんだよ？」

合流する直前に聞こえたメリダの大声に、マーリンはなにかあったのかと聞いたら噛みつかれた。

そのことに戸惑っていると、カイルから声がかかった。

「お帰り、なんの話だったんだい？」

ここ最近は真面目に授業に参加しているマーリンが教師に呼ばれたことに、疑問があったカイルはマーリンにそう聞いた。

「ああ、今度野外実習があるだろ？」

「うん、そうだねえ」

「今回は野生動物を相手にしに行くんだから、魔物を探すんじゃないって釘《くぎ》を刺されたよ」

高等魔法学院では、年に何度か野外実習が行われる。

しかし、それは野生動物を相手にする実習であり、学生に魔物を相手にさせることはない。

ハンターなら学院生と同い年で魔物の相手をすることもあるが、それには必ずベテランハンターが付き添う。

というより、ベテランハンターの魔物討伐に新人がついていくというものだ。

成人して間もないハンターが、単独で魔物を討伐するのは無謀とされている。

中には自分の力を過信し、単独で魔物討伐に向かう者もいるが、大抵返り討ちに遭う。

運が良ければ帰還できるが、ほとんどが還ってこない。

魔物を討伐することを生業にするハンターでさえ、新人のうちはベテランの同行が推奨されているのである。

学費から何から何まで、全てを国庫で賄《まかな》っている高等魔法学院生に、そんな無謀なことなどさせられなかった。

しかしマーリンは、すでに魔物の単独討伐はできる。

というより小遣い稼ぎのために、たまに魔物を討伐している。

学院は、マーリンのその行動を把握している。

本来なら危険極まりない行動なのだが、マーリンほどの実力があるならばと黙認されている。

実力が一人飛び抜けているマーリンはそれでいいが、それ以外の生徒達はそうではない。

なので、これ幸いと魔物を探して討伐するなと釘を刺したのだ。

「実習は僕達三人がグループなんだから、危ないことはしないでよ？」

「そ、そうね！　ウォルフォード君にはいくら釘を刺しても足りないくらいだわ！」

「お前ら……」

あまりに低い信用度に、マーリンの額には青筋《あおすじ》が立っていた。

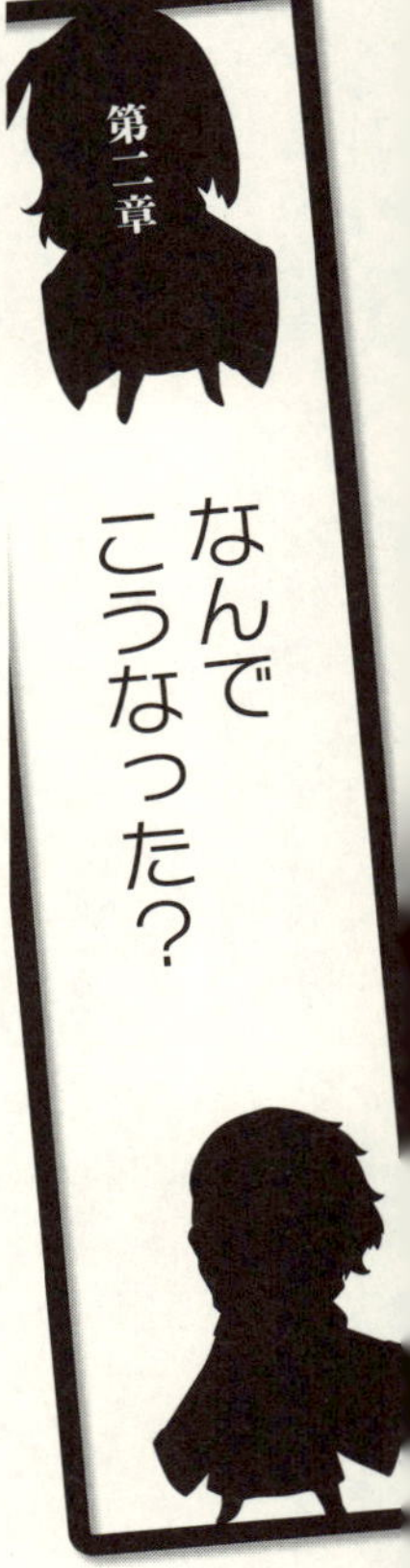

第二章　なんでこうなった？

野外実習の当日。

この日の班割りは三人一組で構成される。

各クラス三十人であるため、三人ずつでちょうどいいのだ。

Sクラスだけは十人なので、一組だけ四人になるが。

そして、カイルは首席、マーリンが次席《じせき》、メリダが三席なので、いつもの三人で班が組まれた。

この班の班長になったカイルには心配事があった。

マーリンのことだ。

今回の野外実習に先立って、アールスハイド軍が、ある程度魔物を間引《まび》きしてくれている。

だが、この世から魔物が消えてなくなった訳ではない。

本当に魔物を探し出して討伐しないように、何度も釘《くぎ》を刺していた。

「分かったって言ってんだろ？　それに、魔物が出てきてもカイルなら討伐できるだろ」

「そうかもしれないけど……僕はまだ魔物に遭遇《そうぐう》したことすらないんだよ？　実際に魔物に遭ったら、ちゃんと対応できる自信はないよ」

「そんなもん、すぐ慣れるって」

「……ちょっと、そんなこと言って、魔物に慣れさせるために魔物を探さないでよ？」

どうにも嫌な予感がしたメリダがマーリンに釘を刺す。

そう言われたマーリンは、目を泳がせながら答えた。

「そ、そんなことしないって」

「……目が泳いでるわよ？」

「はあ……本当にやめてよ？　振りじゃないからね？」

カイルとメリダは、マーリンに対して本当にやめろと口を酸《す》っぱくして言った。

マーリンも、元々そんなつもりはなかったのだが、そこまで言われると逆にやりたくなって……。

「だから！　やる気を見せてんじゃないわよ！」

「な、なんだよ。なにも言ってねえだろ⁉」

「魔物を探してやろうって顔に書いてあったわよ！」

「うそっ⁉」

「ほらあ！　やっぱり！」

「は、嵌《は》めたな⁉　ボーウェン！」

本人達はいがみ合っているつもりであるが、周囲から見ると仲良くじゃれあっているように見える。

それはカイルも一緒で。

（メリダさん、表情でマーリンがなに考えてるか分かるようになってるんだ……）

それだけ、マーリンのことをよく見ているということなんだろう。

たったそれだけのことに、カイルは嫉妬心《しっとしん》が湧《わ》き起こるのを感じつつも、いまだにじゃれあっているマーリンとメリダに声をかけた。

「ホラホラ、じゃれあいもそこまでにしないと、皆もう出発しちゃったよ？」

「「じゃれあってない！」」

息ピッタリにハモるマーリンとメリダ。

その光景に溜《た》め息《いき》を吐《つ》くカイル。

マーリンとメリダは、カイルに呆《あき》れられたと思い、すぐさまいがみ合うのをやめた。

本当は、息ピッタリの二人に、またも嫉妬心が湧き上がったのを治めるために溜め息を吐いたとは夢にも思っていない。

カイルに促され、ようやく出発した三人。

この日の実習は、朝から食料を持たずに出発し、動物を魔法を使って狩り、昼食とする。その後、皮や肉などが売れる動物を狩り、夕方には帰還するというのが今日のカリキュラムだ。

この三人は、高等魔法学院でも最上位の三人。

なので、動物なら単独で狩ることができる。

そうなると、若い彼らが、誰がどれだけ大物を狩れたのか競争しだすのは必然といえる。

「おら！　どうよ、このでかい猪《いのしし》は！」

「なによ、私だって……ほら、鹿を狩ったんだから！」

マーリンは大きな猪を、メリダは鹿を狩り、互いに自慢しあっている。

ちなみにカイルは、鳥を二羽仕留めていた。

「カイル君！　私の方が凄いでしょう⁉」

「カイル！　俺の方がスゲエよなあ⁉」

カイルに判定を求めてきた二人に、苦笑を浮かべながら答えた。

「そういうことは、これを見てから言ってほしいかな」

カイルはそう言いながら、自身が狩った鳥を見せた。

「なっ⁉　そ、それは⁉」

「まさか……幻の？」

カイルが見せたのは、その美味しさに誰もが虜《とりこ》になるが、警戒心が強く、滅多《めった》に市場に出回らない幻の鳥であった。

「くっ……そんなもん出されちゃあ……」

「私達、なんて滑稽《こっけい》なのかしら……」

二人仲良く膝《ひざ》をついた。

そして、その日の昼食は、幻の鳥を食すことになった。

昼食の獲物《えもの》はカイルの鳥になったが、猪も鹿も上等な獲物には変わりはない。

帰ったら売りに行って、三人で山分けしようということになり、今から臨時収入と、昼に食べる鳥のことで三人ともホクホクしていた。

「「いっただきまーす」」

「はい、どうぞ」

カイルの狩った幻の鳥を調理し、作ったのは鳥の丸焼き。

調理台がないため、簡単な料理しかできなかったのだ。

ちなみに調理したのはカイルである。

さっそく、塩・胡椒《こしょう》を振りかけて焼いた鳥を切り分け、マーリンとメリダがかぶりつく。

その瞬間に、二人は目を見開いた。

「う、うめえ！　なんだこれ⁉」

「あ、脂《あぶら》が甘い……なんて美味しいの……」

「うん。上手くできたね」

美味しさのあまり感動しているマーリンとメリダをよそに、その出来栄《できば》えに満足そうなカイル。

その様子に、マーリンは疑問を持った。

「なあカイル。幻の鳥だぜ？　なんでそんな冷静なんだよ？」

「そうよ。私こんなに美味しい鳥肉、生まれて初めて食べたわ」

メリダも同様の疑問を持ったらしい。

それに対してカイルの答えは。

「だって、しょっちゅう狩ってるからね」

「「はあ⁉︎」」

マーリンとメリダが驚くのも無理はない。

今食べている鳥は、滅多に狩れないことで有名で、幻の鳥とまで言われているのだ。

それを、しょっちゅう狩っていると言われても俄《にわか》には信じられない。

「なに言ってるのさ。二人が今食べてる鳥も僕が狩ったものだろ？」

「た、確かに……」

「ふわあ……カイル君、凄いのね……」

メリダが尊敬の念をもってカイルを見る。

カイルはそれだけで、この鳥を狩った甲斐《かい》があると思った。

「やっぱカイルはスゲエな。俺にこの鳥は狩れねえわ」

「力押しじゃあねえ」

「なんだよ？」

「アンタが自分で言ったんじゃない」

確かに、力押しのマーリンでは警戒心の強いこの鳥を狩ることは難しいだろう。

このことに関しては、マーリンに差を付けられたと、カイルは内心で喜んでいた。

当然、マーリンとメリダの二人は、カイルのそんな内心など知る由《よし》もない。

和気あいあいと、絶品の焼き鳥に舌鼓《したつづみ》をうちながら昼食を取っていると、不意にマーリンが顔を上げ、辺りを見渡した。

「マーリン？　どうしたの？」

「いや……」

「なによ。思わせぶりな態度取って」

一瞬、辺りを警戒したと思ったら、すぐに焼き鳥を食べだしたマーリン。

その様子に、カイルとメリダはなにごとかと気になった。

「別に、なんでもねえよ」

「なによ、気になるじゃない」

「なんでもねえって言ってんだろ。それより、もう食い終わったろ？　もう後は、売り払う獲物を狩りながら帰ろうぜ」

「元々そのつもりだったけど……どうしたのさ？　まるで急《せ》かすみたいに」

「いつまでもチンタラメシ食ってんのが性に合わねえだけだ」

「えー？　せっかく美味しいもの食べてるのに、急かさないでよ」

ブツブツと文句を言いながらも、確かに昼食に時間を掛け過ぎているかもと思ったメリダは、名残惜しそうに幻の鳥の焼き鳥を異空間収納にしまい、食事の片づけを始める。

この時カイルは、少し焦《あせ》りの表情が見えるマーリンを不思議に思って見ていた。

マーリンがこういう顔をしたのは見たことがない。

ひょっとして、なにかマズイことが起きているのでは？

そう思ったが、メリダに不安を与えるかもと思い、口に出すのを躊躇《ためら》った。

結果、それが裏目に出ることになる。

「用意できたな。それじゃあ帰るぞ」

「ちょっと、班長はカイル君でしょ！　なんでアンタが仕切ってんのよ」

「いいよ、メリダさん。さて、マーリンの言う通り、帰ろうか」

こうして三人は、帰路《きろ》についた。

途中出てきた獲物を順次狩りながら山道を歩いていると、頭上から水滴が落ちてきた。

「わ、雨降ってきたわよ」

「本当だ、これは急いで帰らないと」

メリダが雨に気付き、カイルは急いで帰ろうと促す。

するとマーリンが。

「ワリい、ちょっとションベンしてくるわ。先に行っててくれ」

そう言って、二人から離れて行った。

「もう！　もうちょっとデリカシーのある言葉を使ってよ！」

メリダの文句を背に受けながら、マーリンは森の中に入っていった。

「しょうがない。雨も強くなってきたし、先に行こうか」

「え？　あ、うん」

マーリンは小便だと言っていた。ならばすぐに追いつくだろうと、カイルの言葉に従い先に進み始めた。

そうしてしばらく進んだところで、メリダはあることに気付く。

マーリンが追い付いてこないのだ。

雨足が強くなってきたことで、メリダ達の歩みも速くはない。

しかし、自分達とは隔絶した実力を持つマーリンが追い付いてこないのはおかしい。

そう思って、来た道を振り返った。

「……ねえ、カイル君。ウォルフォード君遅くない？」

「え？　ああ、確かに遅いねえ。それより、また雨が強くなってきたよ。僕達も人の心配より自分達の心配しないと。遭難《そうなん》しちゃう」

「……」

確かに、雨はかなり強くなってきている。

そんな中、森ではぐれると遭難してしまうかもしれない。

そう思ったメリダは、マーリンのことが急に心配になってきた。

「カイル君！　私、ウォルフォード君を迎えに行ってくる！」

「え？　あ！　駄目だよメリダさん！　君が遭難しちゃうよ！　マーリンなら大丈夫だって！」

「それでも！　心配なの！」

カイルの制止も聞かず、元来た道を走って戻って行くメリダ。

「ああ！　もう！」

カイルも慌ててメリダの後を追おうとした時。

「なんでこんな時に、獲物が現れるかな⁉」

目の前には、どこに潜んでいたのか、大きな猪が立ちはだかっていた。

雨のせいで帰り道に集中し、索敵魔法《さくてきまほう》が疎《おろそ》かになり、猪を見逃してしまっていたのだ。

「邪魔だよ！」

とはいえ、野生動物の猪ごときではカイルの敵ではない。

瞬時に生み出した風の刃で首を切り落とされた猪は、その場に倒れ込む。

その猪を異空間収納にしまい込み、メリダの後を追おうとした時。

「うわ！　なんだこれ⁉」

雨が、まるでバケツをひっくり返したような豪雨になった。

あまりに非道《ひど》い雨で、この状態で森の中にマーリンとメリダを捜しに行くと、二次遭難の可能性があるとカイルは判断した。

幸い、森の出口のすぐ近くまで来ており、とりあえず安全のために森を抜けることを選択した。

するとそこには、教師たちによって天幕《てんまく》が張られており、その中に多くの生徒達が避難していた。

「マクリーン！　無事だったか？」

「はい。ですが……」

「おい、ウォルフォードとボーウェンはどうした？」

カイルと同じ班である、マーリンとメリダがいないことに教師が気付いた。

「それが……マーリンがトイレに行ったきり戻ってこなくて……それを心配したメリダさんが捜しに行ったんです」

「なんだと⁉」

「僕も後を追おうとしたんですけど、急に雨がきつくなって……」

結果としてマーリンとメリダを置いてきてしまったことを、カイルは後悔していた。

やはり捜しに行った方が良かったのではないかと。

しかし、教師はそんなマクリーンを気遣うような言葉をかけた。

「そうか。マクリーンの判断は間違っていない。この雨の中、森に入れば二次遭難の可能性がある。だが……」

教師が言葉を濁したのは、まさに教師自身が発した言葉のせいである。

二次遭難の可能性がある。

それだけ強い雨足となっている。

ここまで非道いのは数年ぶりというほどの雨量だ。

こんな雨の中を、二人の捜索のために森に入れば、自分達が遭難する可能性がある。

マーリンとメリダのことは心配だが、それよりも今ここにいる生徒達のことも捨て置けない。

雨が強すぎて帰るに帰れないのだ。

大きな天幕の周りには溝が掘られており、教師たちの魔法により天幕の中に水が入ってこられないようになっている。

なので、この天幕の中にいる分には安全だ。

しかし、一歩外に出れば、数メートル先が見えないほどの豪雨である。

教師たちは、断腸《だんちょう》の思いでマーリンとメリダの捜索を諦めた。

マーリンは、学院始まって以来の天才である。

その天才が簡単に遭難して死ぬとは思えない。

教師達は、不本意ながらも、その可能性に懸けることになってしまった。

◆

時は少し遡《さかのぼ》って、メリダがマーリンを捜すために、元来た道を戻り始めた頃。

メリダは走りながら、マーリンの気配を索敵魔法で探っていた。

「まったくもう！　どこに行ったのよ！」

索敵魔法にマーリンの魔力がかからない。

一体どこに行ってしまったのかと、メリダは愚痴《ぐち》をこぼした。

用足しにしては時間が掛かりすぎている。

ひょっとして道に迷ってしまったのだろうかと考え始めたその時。

「え？　わあっ！　ちょ、ナニコレ⁉」

突然豪雨になり、メリダは大きな木の下に避難した。

「ちょっと……勘弁してよ……」

数メートル先も見えないほどの雨が降ってきたことで、メリダは急に不安になった。

あまりに雨足が強いため、さっきまで自分が通ってきた道すら見えない。

これはひょっとして、自分も遭難してしまうのではないか？

雨により濡れた制服が体温を奪い、段々寒気を覚えてきたメリダに、そんな思いが湧き上がってきてしまった。

この制服には『防汚《ぼうお》』という付与がされているため、魔力を流せば元の状態に戻るのであるが、豪雨の中、森で独りという状況で徐々に奪われていく体温。

今まで経験したことのない状況に、正確な判断をする思考力を奪われていた。

そんな不安な状況に、どうしようと思っていると、不意に覚えのある魔力を感知した。

それは、マーリンの魔力であった。

その魔力にホッとし、会ったら文句を言ってやろうと思ったメリダだが……。

次の瞬間凍《こお》りついた。

マーリンを、今まで感じたことがない禍々《まがまが》しい魔力が追いかけていたのである。

メリダはあまりの衝撃に、動けなくなってしまった。

魔物だ。

そう理解した瞬間から、メリダの体は硬直し動かなくなってしまった。

そして、魔物の魔力を感じ取ってしまってから、メリダの頭はさらなる混乱に陥ってしまった。

なぜ魔物がいるのか？

なぜその魔物がマーリンを追いかけているのか？

なぜ自分はこんなところにいるのか？

なぜ？　なぜ？　なぜ？

気付いた時点で逃げ出していればよかった。

豪雨で視界が悪くなっているが、魔物と遭遇するよりマシだ。

しかし、あまりに突然予想外のことが起きたので、脳が混乱し、体の自由を奪ってしまった。

そうして硬直していると、木々の向こう側からマーリンが飛び出してきた。

「なっ⁉　ボーウェン⁉　なんでここにいる⁉」

「あ……あぅ……」

魔物を誘導し、戦いやすい場所を探していたマーリンは、魔物に気を取られメリダに気付いていなかった。

なので、メリダがいる方向へ魔物を誘導してきてしまったのである。

「おい！　ボーウェン！」

「ハッ⁉　ウ、ウォルフォード君……」

「ボサッとすんな！　逃げろ！」

「わたし……わたし……」

マーリンがメリダに逃げろと叫ぶが、魔物の魔力に硬直してしまい、動けないでいた。

マーリンがそれにイラついて次の言葉を放とうとしたところで、魔物の咆哮《ほうこう》が響いた。

『グウォォォォォ！』

「ヒィッ！」

「チッ！　おい、ボーウェン！　担《かつ》ぐぞ！」

「へ？　ふえぇぇ⁉」

すぐそこまで迫っている魔物が現れる前に、メリダを担いで逃げることにしたマーリン。

なにがなんだか分からないまま、マーリンの肩に担がれたメリダは、情けない声を上げてしまった。

そして、マーリンに担がれて後ろを見ながらその場を遠ざかっていく。

その際に、メリダは見てしまった。

木々の間から出てきたのは、身の丈《みたけ》三メートルを超える、熊。

体全体から禍々しい魔力を放ち、真っ赤な目をした、熊の魔物を。

「ヒ……ヒィ……」

「おい、なんでお前がここにいる？」

「へ、へぇぇ？」

「チッ、まともに喋れねえかよ」

初めて魔物を見たメリダは、恐慌をきたしてしまった。

まともに返答できないメリダを抱え、その場を離れるマーリン。

かといって完全に振り払ってしまうと、魔物が学院の生徒達の方に向かってしまうかもしれない。

マーリンは、戦いやすい場所を探すのではなく、魔物を森の奥に誘導し、メリダが隠れることができる場所を探すことに変更した。

そうして、しばらく森の中を走っていると、山小屋を見つけた。

おそらく林業に携わる人達の拠点となるものだろう。

ひとまずここにメリダを隠し、マーリンは魔物を討伐しに行くことにした。

担いでいたメリダを下ろし、山小屋の中に入る。

下ろしたメリダは、今までマーリンが見たことがない姿をしていた。

マーリンの記憶にあるのは、勝気で強気で、いつも自分に小言を言う生意気《なまいき》な女だった。

ところが今、目の前にいるのは、顔を真っ青にし小動物のようにガタガタ震えているか弱い少女。

いつも勝ち気でいたメリダの意外な姿に、マーリンは庇護欲《ひごよく》が湧き上がるのを感じていた。

「ボーウェン」

「……」

「ボーウェン！」

「……」

いくら声をかけても反応しないメリダに、マーリンは意を決して叫んだ。

「メリダ！」

「は、はい！」

マーリンの叫びにようやく反応したメリダ。

突然名前を呼ばれたことで魔物に追われていることも忘れ、ほんのり赤くなった。

「いいか。俺はこれからあの熊をブッ倒してくる。お前はここから一歩も動くな」

「え……だってあれ、熊……大型じゃない！　無茶よ！」

魔物はその大きさによって四段階に分かれる。

小動物が魔物化した小型。

犬や狼、猪などが魔物化した中型。

そして、今マーリン達が追いかけられている熊などが魔物化した大型。

さらにその上、滅多に現れることはないが、大型以上の体と魔力を持った災害級がいる。

災害級は、軍が決死の覚悟で挑み、ようやく討伐できる魔物である。

なので、一般的にハンターなどが相手にするのは大型までになる。

その大型の魔物も、ベテランのハンターが数人がかりでようやく討伐できる相手である。

それを学生が単独で討伐するなど考えられもしなかった。

「大丈夫だ。熊っつっても災害級にまで至ってる訳じゃねえ。まあ、そうなってたらさすがに尻尾巻いて逃げるしかねえけどな」

「なに言ってるの⁉　大型だよ⁉　あんなの勝てる訳ないじゃない！」

マーリンはなんとか冗談でメリダをなごませようとしたのだが、実際に魔物を目にしてしまったメリダには通じなかった。

早くしないと魔物が追い付いてしまうと考えたマーリンは、多少強引にメリダを説得することにした。

「いいかメリダ。俺はもう何体も魔物を討伐してる」

「や、やっぱり……」

「で、その魔物の中には、大型の魔物も入ってる」

「うそ……そうなの……？」

「ああ。だからこれは無謀な戦いじゃない。分かるな？」

「う、うん」

「よし。じゃあ、ここから動くなよ？」

「……わかった」

不安そうだが、素直にうなずいたメリダに、マーリンはふと笑みをこぼすと、安心させるように頭を撫《な》でた。

「いい子だ。じゃあ行ってくる」

「あ……き、気を付けて、マーリン！」

「おう！」

頭を撫でられ、頬《ほお》を紅潮させていたメリダは、マーリンの手が離れると、寂しそうな顔をする。

だが、今から死地に赴《おもむ》くマーリンに、なんとか声をかけた。

なんとかメリダを説得できたマーリンは、初めて苗字《みょうじ》ではなく名前を呼ばれたことに笑みをこぼす。

そして、山小屋を飛び出し魔物のもとに向かう。

その道中、マーリンは心配そうな顔をして見送ってくれたメリダを思い出し、絶対に生きて戻らなくちゃなと気を引き締めた。

そして、メリダに向かって自分が言ったことを思い返していた。

「まあ……魔物を討伐したのは嘘じゃねえけど、大型を相手にすんのは初めてなんだけどな……」

大型の魔物の討伐経験はない。

それは決してメリダには話してはいけない内容だった。

今の彼女は、初めての魔物……それも大型を見てしまったことで、精神的に不安定な状態にある。

そんなメリダに大型の討伐はしたことがないと告げれば、また取り乱すだろう。

あの時、ガタガタと震え、いつもより小さく、可愛く見えたメリダにそんなことは言えなかった。

「とにかく、あの熊公は死んでも討伐しなきゃな……」

事実を言わなかったことに対するリスクはある。

メリダは、心配そうではあったが、マーリンが魔物を討伐して帰ってくると信じている様子だった。

なら、あの山小屋から逃げずにずっと待っているだろう。

もし、マーリンが魔物を討伐できずにやられてしまった場合、魔物は他の獲物を探す。

山小屋でじっとしているメリダなどいい標的だ。

それだけは絶対に避けなければいけない。

「次は大型の魔物とは思ってたけど……まさかこんな事態になるとはな……」

女を守るために戦う。

そんな事態になるとは夢にも思っていなかった。

そしてその状況が妙におかしかったのか、これから大型の魔物を討伐するというのに、マーリンは笑いが込み上げてきてしまった。

「ハハッ、しかも、アイツが相手って」

いつも喧嘩《けんか》していた、生意気な女。

今は小さく震えているそいつを守るために、戦おうとしている。

そのことに、妙に気合いが入っていくのをマーリンは自覚した。

「覚悟しろよ熊公！　今日の俺はちと強いぜぇ！」

そう叫びながら熊の魔物の魔力に向かって突進していく。

あまり距離を置かずに逃げてきたため、熊の魔物はすぐに現れた。

見失った獲物を見つけた魔物は大きな咆哮を上げ、魔物に突っ込んでいくマーリンも負けじと吠えた。

『ＧＵＷＯＡＡＡＡ‼』

「うおらあああああっ‼」

走っている最中に高めに高めた魔力を用いて炎の槍を作り出し、魔物に向かって射出する。

森の中で使うには非常識なほど大きな炎の槍が魔物に向かう。

それを見た魔物は、その巨体からは想像もできないほどの俊敏《しゅんびん》さで炎の槍を避ける。

「なに⁉」

今まで中型までの魔物しか討伐していなかったマーリンは、大型である熊の魔物が異常なほどの俊敏さで魔法を避けたことに驚愕《きょうがく》した。

そういえば聞いたことがある。

魔物の中には魔法を使うものもいると。

魔法を使うと言われてマーリンは放出系の魔法だと予測し、身体強化の魔法のことだとは夢にも思っていなかった。

「くそっ！　なんだよその動き！　反則じゃねえか！」

先程逃げていた時も、熊の魔物は身体強化を使っていたのだが、マーリンも同様に身体強化の魔法を使って逃げていたため、追い付かれず、さらにメリダを拾ってからは、メリダを避難させる場所を探すことに意識を持っていかれ、熊の魔物の異常さに気付いていなかった。

予想外の事態に悪態《あくたい》をつくが、魔物は魔法を避けただけでなく、そのままマーリンに向かって突進してきた。

「やべっ！」

魔法を放ち、予想外の出来事に固まっていたマーリンは、咄嗟《とっさ》に自身も身体強化の魔法を使い離脱しようとする。

だが……。

「ぐあっ！」

一瞬呆けてしまったため、避けきれずに熊の魔物の一撃が体をかすめてしまった。

身体強化をして避けようとしていたため致命傷にはならなかったが、胸の部分の制服が破れ、爪が皮膚を割と深く切り裂いた。

「があっ！」

衝撃で吹き飛ばされたマーリンは、木にぶつかって止まった。

いくら身体強化をしているとはいえ、相当な衝撃である。

一瞬息が止まるが、迫ってくる熊の魔物を目の前にしてそんなことを言っている暇はない。
「くそがっ！」
咄嗟に火球を作り出し、直前にまで迫った熊の魔物に向けて魔法を放つ。
『GWAAA‼』
さすがに目の前で発動した魔法は避けられなかったのだろう。
熊の魔物はまともに火球を食らった。
「くわっ！」
そして、その余波でマーリンも吹き飛ばされてしまう。
だが、幸いなことに、熊の魔物から距離を取ることができた。
息を整えながらマーリンは熊の魔物を見据える。
中型までの魔物なら、先制の魔法一発で討伐できたこともあった。
だけど、大型にランクアップした途端に、そんな単純な攻撃では倒せなくなった。
これは、認識を改めないといけない。
動物を相手にするのではなく、人間を相手にする時のように対戦しなければいけない。
そう頭の中でスイッチを切り替えた。
「ふう……痛っつ！　くそっ……！　早いとこケリつけないとまずいな……」
落ち着こうとすると、先程受けた傷が痛む。
戦闘が長引くと、手負いのマーリンの方が不利になるのは明らかだ。

そう思ったマーリンは、傷による痛みを無理矢理無視して魔力を制御する。

火球を食らって悶《もだ》えていた熊の魔物も、高まり始めるマーリンの魔力に気付き、再び咆哮を上げた。

そして、自分にこんな怪我《けが》をさせた相手に対して、怒り狂って突進してくる。

「突撃ばっかりかよ！　ワンパターンなヤロウだな‼」

その熊に向かって、マーリンは先程より小さめの火球を放った。

先程、その魔法によって毛皮を焼かれた熊の魔物は、本能的に大きく避けてしまった。

先程の炎の槍よりも数段威力が下がっているにもかかわらず。

そして、そのことが熊の魔物の致命的なミスとなった。

「んな小せえ火の玉にビビってんじゃねえよ！」

そう叫んだマーリンはもう一つ魔法を用意していた。

それは、最初に放った炎の槍。

この魔法のカモフラージュの為に、小さい火球を放ったのだが、熊の魔物が予想以上に過剰反応したため、マーリンにとって決定的なチャンスが生まれていた。

「食らえ！　この野郎‼」

全力で打ち出した炎の槍は、極限まで細く圧縮されており、その圧縮された槍が熊の胸を貫いた。

『GA……』

いかに魔物とはいえ、首と胴が離れたり、心臓を貫かれたりして生きてはいられない。胸の真ん中を炎の槍で貫かれ、大きな穴が空いた熊の魔物は、小さく吠えた後、その場に倒れた。

胸にできた傷からたくさん血が流れ、体力を消耗《しょうもう》していたマーリンは、痛みと出血による疲労に耐え、熊の魔物が起きてこないか油断なく構えていた。

そして、熊の魔物が絶命し、もう動かないと分かると、マーリンはホッと息を吐いてその場に座り込んだ。

「はあ……初撃食らったのがマズかった……危なかった……」

今までの魔物と同じように対応してしまったため、危うく命を落としかけたマーリンは、最初の対応を反省していた。

座り込んだマーリンは、周囲の状況を確認する。

森の中なのに火系の魔法を使ったため、辺りの木が燃えてしまっている。

しかし幸いなことに、今はマーリンが今まで経験したこともないような豪雨が降っており、燃え広がらずに鎮火《ちんか》していた。

その代わりに、大量の水蒸気が発生し、視界を悪くしていた。

このままここに座っていても、雨によって傷が塞《ふさ》がらないし、視界が悪い状況では襲撃があっても対処が難しい。

そして、心配して待っているであろうメリダに、魔物を討伐したと報告し、安心させてやる必要がある。

そう考えたマーリンは、ふらつく体を奮《ふる》い立《た》たせ、熊の魔物の死体を異空間収納に収め、メリダの待つ山小屋へと歩きはじめた。

行きと違い、ふらつく足取りで歩いてきたため、予想以上に時間がかかったマーリンだったが、なんとか山小屋までは辿り着いた。

その間も雨に濡れているため傷は一向に塞がらず、またその雨により体温も奪われていき、山小屋に着くころにはマーリンは顔面が蒼白《そうはく》になっていた。

本人は「多少ふらつくな」程度の認識であったため、そのまま山小屋の扉に手を掛けた。

扉には鍵が掛かっていた。

ああ、用心のために鍵をかけたのか、とぼんやりする頭で考えたマーリンは、扉を叩いて声を掛けた。

「メリダ。おーい。俺だ、マーリンだ」

なるべく大きい声を出そうとしたが、意外と声が出なかった。

そのことと、扉を叩くのも少し億劫《おっくう》になっていることに、自分で驚いた。

声を掛けてすぐに、山小屋の中から誰かが走ってくる物音がしたので、動くのも億劫になりながらも扉の横に移動する。

すると、中から鍵が外され扉が勢いよく開いた。

「マーリン‼　良かった！　無事……で……」

　扉を開けたメリダが見たのは、胸の部分の制服が破れ、痛々しい爪痕《つめあと》から血を流し、顔面蒼白になっているマーリンの姿だった。

「おお……熊のヤロウ……討伐してきたぜ……」

「マーリン！　ちょっと、やだ！　大丈夫なの⁉」

「ああ……？　だいじょうぶ、だいじょうぶ……これくらいなんでもね……」

「全然大丈夫じゃないじゃない！　早く入って！」

　返事に力がなく、若干《じゃっかん》呂律《ろれつ》も回っていない。

　そんな状態を見たメリダは、急いでマーリンを山小屋の中に引き入れた。

　山小屋の中には、暖を取るための暖炉《だんろ》が備え付けられていたが、メリダは用心のために今まで使用しなかった。

　だが、マーリンが帰ってきたということは、魔物は討伐されたということであり、もう利用しても問題ないと判断したメリダはマーリンの治療をするために暖炉に火を入れた。

　さすがに山の中にある山小屋だけに、薪《まき》は山ほどあり、燃料に困ることはない。

　メリダは火の魔法で薪に火をつけ、暖炉に放り込む。

　多少火のつきが悪くても、魔法で火をつければすぐに火は大きくなった。

　その暖炉の前に小屋にあった毛布を敷き、その上にマーリンを寝かせる。

そして、胸の傷を治療するため、マーリンの制服を脱がせた。

その際、マーリンの体に触れたメリダは、その冷たさに背筋が凍った。

胸の傷はそこまで深い傷ではない。

ただ、雨に濡れていたせいで傷が塞がらずに、血を流し続けてしまっている。

早急に血止めしなければ、ここまで体温の下がったマーリンにとって致命的になる可能性がある。

「早く治療しないと……でも、私の治癒魔法《ちゆまほう》で治せるの？」

傷自体は塞ぐことができそうだが、結構な量の血を流している上に、雨により体温が低下している。

果たして自分の治癒魔法で治しきれるのかと、メリダは不安になった。

「……でも、やらないと。マーリンは命懸けで魔物を討伐してくれた……私はそれに応えなくちゃ……」

不安になりながらも、命懸けで自分を守ってくれたマーリンを死なせる訳にはいかないと、メリダは自分に言い聞かせ、治癒魔法を発動した。

この世界で治癒魔法を発動させることができるのは、その人を助けたいと強く願える者だ。

その想いに魔力が反応し、治癒魔法が発動する。

メリダは、元々魔法を攻撃用ではなく、一般市民の生活に役立てたいと思っていた。

そして、今は自分を守ってくれたマーリンをなんとしても助けたいと、そう思っていた。

「マーリン……お願い……死んじゃダメ……お願いだから……」

そんな想いで発動した治癒魔法は、今まで経験したことがないほどの効果を発揮した。

熊の魔物に切り裂かれた胸の傷は、血が止まり、傷が徐々に塞がっていった。

とはいえ、一瞬で傷が塞がるようなことはなく、あくまで徐々に、少しずつ治癒していく。

その間、メリダはマーリンを助けたい一心で、ずっと治癒魔法をかけ続けた。

そして、メリダの精神力も限界に達しようかというころ、マーリンの傷が完全に塞がった。

「やった……やっと塞がった……」

長時間治癒魔法を持続させ続けたメリダは、疲労困憊になりながらも、マーリンの様子を窺う。

傷は塞がった。

だが、血を失ったことと、長時間雨に打たれたことにより低下した体温は元に戻っていなかった。

「どうしよう……この状態が続いたらマーリンは……」

低体温の状態が続いたらマーリンの身が危ない。

そう考えたが、メリダの治癒魔法ではそこまで回復させることができない。

「……！」

マーリンを助けたい一心のメリダは、なにかを思い付き、追加の毛布を持ってきてマーリンに掛けた。

そして……。

しばらくマーリンを見つめていたメリダは、意を決したように自らの制服のボタンを外し始めた。

◆

マーリンが山小屋に辿り着いてから、数時間が経過した深夜。

メリダが治癒魔法をかけ始めたころから意識を失っていたマーリンは、ふと目を覚ました。

「ここは……」

寝起きで頭が上手く働いていないのか、ぼんやりと周囲を見渡し、そういえば山小屋に避難していたんだったと思いだした。

熊の魔物を討伐し、山小屋に着いてからの記憶が曖昧《あいまい》だが、妙に体がだるい。

そういえば怪我したんだったなと、胸の傷に触れようとした時……。

「え……？」

傷に触れず、別のものに触れた。

それは、マーリンに抱き付くように眠っているメリダの頭だった。

「な、なんで？」

そんな疑問が頭をよぎるが、体がだるい上に、メリダが完全に覆い被さっているので体を動かすことができない。

しかも……。

「おい……マジか？」

マーリンもメリダも、服を着ていなかった。

傷の治療の為に暖炉の前に寝かされた辺りから記憶がない。

なんでこんな状況になっているのか見当もつかない。

「なんでまた、こんな状況に……っていうか、なんでコイツがこんなことしてんだ？」

状況を確認したいがために辺りを窺い、身じろぎをしたからであろう。

「ん……んん……」

メリダが目を覚ました。

マーリンの胸に覆い被さっていたため、マーリンからすると下から上目遣《うわめづか》いで見上げるようなメリダと目が合った。

寝ぼけまなこで上目遣いのメリダに、マーリンは激しく萌《も》えてしまった。

「……あ……」

「よ……よお……」

「～～～っ！」

意識が覚醒したメリダは、一瞬で顔が真っ赤になり、マーリンの胸に顔を付け、顔を隠してしまった。

そのことがまたマーリンのツボに入る。

「な、なあ。なんでこんな状況になってんだ？」

メリダは自分のことを嫌っていたはずだ。

それがなんでこんなことになっているのかと、聞かずにはいられなかった。

「……だって、マーリンの体が冷たかったから……温めなきゃいけないと思って……は、裸で抱き合うと体温が下がらないって聞いたことがあったから……」

メリダの説明で、マーリンはようやく納得した。

恐らく、出血と雨に濡れたことで自分の体温が相当下がっていたんだろう。

このままでは危ないと判断したメリダが、苦肉の策として、こんな状況に陥ったと。

そこまで理解したマーリンは、メリダに声をかけた。

「あ、あのさ。事情は分かった、ありがとな。メリダのおかげで助かった」

「い、いいよ……マーリンだって、魔物、命懸けで討伐してくれたじゃない……」

「ああ、まあ……そ、それより。

もう意識も戻ったし、そろそろ離れてもいいんじゃ……」

「え？　あ、ああ！　そ、そう……ね……？」

意識が戻った以上、これ以上こうしていてもしょうがない。

お互いに真っ赤になりながら、メリダは毛布で体を包み、マーリンから離れた。

「お、おい！　それじゃあ俺が丸見え……」

「え？　あ！　きゃあああああ！」

素《す》っ裸《ぱだか》で横たわっているマーリンをバッチリ見てしまったメリダは、悲鳴をあげて毛布に顔を埋めてしまった。

その様子を見ていたマーリンは。

「この状態で放置とか……勘弁してくれ」

何もかも丸出しで横たわっているマーリンは、メリダを見ながらそう呟《つぶや》いた。

毛布にくるまったまま、自分が脱いだ制服を手繰り寄せ、毛布の中でもぞもぞと服を着だすメリダ。

その間、一切マーリンの方に視線は寄越さない。

そのマーリンは体から多くの血を失い貧血状態だったが、メリダの側でいつまでも丸出しでいる訳にもいかず、側に置かれている自分の制服を手に取った。

「……ああ、上着はダメか……」

アールスハイド高等魔法学院の制服は魔道具になっており、その付与の中に『防汚』というものがある。

これを起動させれば、たとえ濡れていても一瞬で乾かすことができるのだが、熊の魔物の一撃で裂けてしまった制服は、魔道具として機能していなかった。

そのことに気付いたメリダが、暖炉の側に置いていたのだが、乾ききらなかったらしい。

「……ま、ズボンが無事だっただけでも良しとするか」

そう言って、マーリンは一緒に乾かされていた下着を穿《は》いた。

下着は制服ほど生地が厚くないので、マーリン達が寝ている間に乾いたようである。

服を着替える際、マーリンはふと思い至った。

（これが脱がされているってことは……見られた……か……）

確実に見られただろうけど、今のメリダには聞くことができない。

まあ、寝てる間のことだし、別にいいかと、生乾《なまがわ》きの上着は着ずに、ズボンのみ穿いた。

「もう着た？　服着た？」

「ああ、着たぞ」

メリダの問いかけにマーリンが応え、ようやくメリダがこちらを向いた。

「な！　なんで上半身裸なのよ⁉」

「しょうがねえだろ、生乾きなんだから」

「あ……そ、そっか。付与、ダメになっちゃってたんだ……」

「半分濡れてる服着てると、余計に体調が悪くなりそうだ。毛布にでもくるまってるよ」

マーリンはそう言って、新しい毛布を取りに行こうとするが。

「お……っとと」

足元がふらつき、立ち上がることができなかった。

「ああ！　ダメよ！　私が取ってきてあげるからそこにいて！」

ふらつくマーリンを制止し、メリダが毛布を取りに行き、マーリンに掛けた。

その優しさをもう少し早く発揮してほしかったと内心で思いながらも、マーリンはメリダに礼を言う。

「ん。ありがとな」

「い、いいよ……そんなの……」

思いがけず素直な謝辞《しゃじ》を受けたメリダは、思わず赤くなった。

不意に、気まずい沈黙が二人の間を支配するが、それに耐えられなくなったのはメリダだった。

「そ、そういえば！　マーリン、大分出血してたから血が足りないんじゃない？」

「ああ、そうだな。大分フラフラするし、体もダルいな……」

「昼間に獲った獲物……食べられる？」

「そうだな……なんか出してくれるか？」

「うん！　分かった。でも重い物だと吐き出しちゃうかもしれないから……」

そう言って、メリダは異空間収納から絞《し》めた鳥を出した。

「カイル君の物とは比べ物にならないけど、これなら大丈夫？」

「ああ。むしろそっちの方がありがたいな。カイルの獲ってきたヤツは、脂が多いからな……」

「フフ、贅沢《ぜいたく》な注文だね。待ってて、調理場があると思うから、捌《さば》いてくるから」

そう言って、絞めた鳥を持って山小屋の奥に消えたメリダ。

その後ろ姿を見ながら、マーリンは一人呟いた。

「ああして素直にしてれば、可愛い奴なんだけどな……」

そう呟きながら、マーリンは内心の驚きを隠せなかった。

メリダは、自分のことを嫌っていたはずだ。

それこそ目の敵にするかのように。

ところが今のメリダは違う。

体調の悪い俺を気遣い、甲斐甲斐《かいがい》しく世話を焼く。

まるで恋人にでもなったようだ。

「はっ。なに考えてんだ、俺は」

恋人、のところでその思考を止めたマーリンは、自嘲《じちょう》するように吐き出した。

これは、あくまで魔物の脅威《きょうい》からメリダを救ったことで感謝されているだけだ。

命の危険があったことで、吊り橋効果が発揮されたにすぎない。

マーリンはそう思うことに決め、その発端となった魔物との戦闘に意識を移した。

大型の魔物に対して、小型や中型の魔物と同じように正面から魔法を仕掛けた結果、危うく死にかけた。

まさか、あんな風に魔法を使うとは思いもしなかったと、反省したマーリンは、大型以上の魔物は身体強化の魔法を使うことがあると深く肝《きも》に銘《めい》じた。

そうして今日の戦闘についての反省をしていると、メリダが奥の調理場から戻ってきた。

「お待たせ。バーベキュー用の金串《かなぐし》があったから刺してきちゃった」

お皿に、調理し金串に刺した鳥肉を持ってきた。

その様子を、マーリンはぼんやり眺めていた。

そんなマーリンの様子をメリダは不思議に思い、声をかける。

「なに？　どうしたの？」

「え？　ああ！　いや、別になんでも……」

「？　なに？」

慌てて目を逸らしたマーリンに、メリダは不審の目を向けるが、それ以上は絡んでいかなかった。

　マーリンの方は、まさか調理場から料理を持って出てくる姿が、料理を作ってきた恋人みたいに見えたとは口が裂けても言えなかった。

（また恋人って……だから違うだろ！）

　さっき恋人みたいな目で見ないと決め、魔物との戦闘に意識を移したばかりなのに、すぐにそういう思考に戻ってしまったことを激しく自戒《じかい》するマーリン。

　そんなマーリンを横目に、メリダは串に刺した鳥肉を暖炉の火で炙《あぶ》り始めた。

　その調理をする様子を見て、ますます恋人みたいだと思ったマーリンは、また激しく自戒した。

　串を炙り始めたころから、メリダの視線はずっと暖炉の肉の様子を見ており、挙動不審のマーリンは、そんな自分を見られずに済んだのは幸いだっただろう。

　そうしてしばらく経つと。

「はい。マーリン、焼けたよ」

「お、おお。ありがと」

　塩と胡椒だけで簡単に味付けされた焼き鳥を受け取り、変な考えを頭から振り払うかのようにその肉にかぶりついた。

「熱っ！」

「ああ、もう。そんなに慌てて食べなくてもいいわよ」

「フフ、ホント子供みたいね」

「わ、悪ぃ……」

「……」

「なに？」

「いや……なんでもない……お、美味いな、コレ」

「絞めてそんなに時間経ってないからね。どれどれ……ん、ホントだ！　美味しい！」

今日は、メリダの色んな顔を見る日だなとマーリンは思った。

いつものように突っかかってくるわけでもなく、優しくたしなめる。

そして、美味しいものを食べて嬉しそうに相好《そうごう》を崩す。

そのいつもと違うメリダに、マーリンはさっきから翻弄《ほんろう》されっぱなしだった。

美味しそうに焼き鳥を食べるメリダと、緊張して口がきけなくなったマーリン。

二人は黙々と焼き鳥を食べ続けた。

だが、料理は無限にある訳ではない。

やがて……。

「はあ、美味しかった」

「ああ。美味かった、ごちそうさん」

「はい。お粗末様《そまつさま》」

メリダは嬉しそうにそう言うと、食べ終わった金串と皿を調理場に持っていった。

そんなやりとりも、マーリンの心を揺さぶった。

（ヤバイ……メリダが可愛く見えてしょうがねえ……）

何度自戒しようとも、いつの間にかそんなことを考えてしまうマーリンは、食事も終わってしまい、この後の会話が続くかどうか不安でしょうがなかった。

そして、とうとう調理場に金串を戻しにいったメリダが戻ってきた。

戻ってきたメリダは、上着を着ず暖炉の側に座って暖をとるマーリンの隣に座った。

（なんでここに座るんだよ！）

そう内心で思いつつ、メリダが側にいることに無性に喜びも感じるマーリン。

二人して暖炉の火を眺めていると、ふとメリダが話しかけた。

「そういえば……まだお礼言ってなかった」

「お礼？」

なんのことか思い当たらないマーリンは、首を傾げた。

「魔物を討伐してくれたお礼」

「……ああ」

「マーリン……魔物を倒してくれて、ありがと。私を……命懸けで守ってくれて、ありがと……」

マーリンの隣に座り、恥ずかしいのか俯《うつむ》き加減で話し始め、でもマーリンの顔を見てお礼を言いたいのかそこから見上げるように見つめてきたメリダ。

その姿に、マーリンは顔が真っ赤になるのが止められなかった。

「そ、そんな大層なもんじゃねえよ」

「大層なことよ。実際……マーリン危なかったんだよ？」

「う……」

若干目に涙を浮かべながら、マーリンを見るメリダ。

その姿に、心配をかけてしまった罪悪感が込み上げる。

「あー、その、悪かった。心配かけた」

「……すっごく心配した……このままマーリンが死んじゃったらどうしようって……」

「メリダ……」

「良かった……マーリンが生きていてくれて……本当によかった……」

本心だ。

いつもの憎まれ口を利いているメリダと同一人物とは思えないが、これはまぎれもなく本心だ。

マーリンは、今にも涙がこぼれそうなメリダの頭を、反射的に撫でた。

「あ……」

「ありがとな……メリダのおかげで助かった。メリダは命の恩人だ」

「そ、そんなことない。命の恩人はマーリンの方だよ」

「でも、メリダに助けられたのは間違いない。ありがとう」

「う、うん……」

頭を撫でるマーリンと、撫でられて嬉しそうなメリダ。

なんとも言えない沈黙が流れる。

そんな沈黙を破ったのは、マーリンだった。

「ヘックシ！」

「マーリン、寒いの？」

毛布をかぶり、暖炉の前にいるとはいっても、上半身は裸だ。

そして、今は日も落ちた夜。

雨が降ったことで気温も下がり、マーリンはたまらずにくしゃみをした。

（せっかくいいムードだったのに、俺の馬鹿野郎！）

と、内心で自分を罵っていたマーリンだが、次の瞬間、硬直した。

「マ、マーリンがまた冷えるといけないから……」

そう言いながらメリダが毛布の中に入ってきて、マーリンにくっついてきたのだ。

あまりに突然のことにパニックになったマーリンは、真っ赤になって口をパクパクさせるだけで、何も口から言葉が出てこない。

そうしてる間にも、メリダは毛布で自分とマーリンを包み込み、さらに密着してきた。

そのこと自体は、パニックになりながらも嬉しくてしょうがないマーリンだが、なぜ急にこんな態度を取るようになったのか、その疑問も浮かんできた。

メリダと、なんだかいい雰囲気になった。

メリダが、急に密着してきた。

でも、なぜ急にそんな態度をとるようになった？

なんで？　なぜ？

マーリンの頭はその疑問でいっぱいになった。

そんな混乱で頭がグルグルしているマーリンに、メリダはおずおずといった風に聞いてきた。

「あの……その……マーリン寒くない？」

「あ、ああ、大丈夫だ」

そう返事したことで混乱していた思考が一旦落ち着き、今の状況を冷静に見られるようになってきた。

さっきまで、貧血と上半身が裸だったことで寒さを感じていたのだが、メリダの体温によるものなのか今は寒さを感じない。

（人の体温って、温かいな……）

傷を負い、血を失い、服も失って寒さに震えている。

そんな状況での人の温もりは、マーリンに大きな安心感をもたらした。

そして、そんな安心感をもたらしてくれたメリダに感謝した。

だが、いつものメリダらしからぬ行動でもある。

どうしてもこの状況が理解できないマーリンは、思いきってメリダに聞いてみることにした。

「なあ。聞いていいか？」

「……なに？」

「今日のお前、いつもと違くねえか？」

「……」

「いつもなら突っかかってくるところで突っかかってこなかったり、妙に可愛いこと言ったり……」

「……」

マーリンの質問に、メリダは応えない。

それでもマーリンは質問を続ける。

そして、できればそうでなければいいなと思うことを聞いた。

「……もしかして、魔物を討伐したことに恩義を感じてそんな態度をとってるなら……やめてく……」

「そんなんじゃない!!」

言葉の途中でメリダが反論してきた。

マーリン自身、そうでなければいいなと思いつつ聞いたため、ホッとはしている。

だが、そうなるとメリダの行動の意味が益々分からなくなる。

「なら、なんで……」

「好きなの!!」

「……え?」

マーリンが問いかけようとしたところ、返ってきたのはあまりに予想外の返事。

(すき? 隙? ああ、俺に隙があるのか……って! そんな訳あるか!)

あまりに混乱したマーリンは、メリダの予想外の返事を素直に受け入れられない。

今まで、ハッキリと嫌いだの、気に入らないだのと言われ続けていた相手。

その相手からのまさかの告白である。

予想もしていなかった告白に、マーリンの脳はフリーズを起こす。

その間、メリダは言ってしまったという後悔と羞恥《しゅうち》で顔を上げられずにいた。

そんなメリダの様子を見たマーリンは、ようやく思考の復活を果たし、メリダに問いかけた。

「好きって……え? いつから……」

「……気持ちが変わったのは、マーリンの進学理由を聞いてから……」

「……ああ、あの時か」

いつだったか、食堂でメリダの勉強する理由を聞いた時。

ことのついでに話したマーリンの進学理由。

それ以降、マーリンへの意識が変わったという。

「それまでは、自信家で、傲慢《ごうまん》で、でも認めざるを得ない天才で……嫌いというより、ものすごく嫉妬してた……」

「……あんまりハッキリ言ってくれるな……意外と傷付く……」

自分では、学院の授業が退屈でつまらないと思っていただけなのに、他人の目には違う風に映っていたらしい。

（自信家で傲慢？　俺はそんなロクデナシに見られていたのか？）

まさかそんな風に見られていたとは夢にも思っていなかったマーリンは、そうハッキリ言われたことにショックを受けていたが、メリダは構わず続けた。

「でも……あの時から、マーリンの見方が変わった……学院がつまらなそうなのも、お母さんのために早く稼げるようになりたいからなんだって。でも辞めないのは、亡くなったお父さんの願いを叶えたいからなんだって。多分、マーリンは、その狭間《はざま》で葛藤《かっとう》してるんだって……」

「……本当に、ハッキリ言わないでくれ……マジで恥ずかしいから……」

自分ですら気付いていなかった苛立《いらだ》ちの原因をメリダに指摘されたことで、色々と腑に落ちるマーリン。

自分のことなのにメリダの方が正確に読み取っていた。

「そう気付いてから、マーリンの態度が今までと同じ感情で受け取れなくなった。自分でも分かってない苛立ちの原因に戸惑ってるだけなんだって、そう思った」

「……」

もうマーリンの顔は、別の意味で真っ赤である。

「そう思って見てたら……マーリンが可愛く思えてきた……」

「……そんな素振《そぶ》り、見せなかったじゃねえか……」

「だって……悔しいし、恥ずかしいじゃない……昨日までいがみ合ってたのに、急に掌《てのひら》返すとか……」

「俺は、今、正にその掌を返された状況なんですけど……」

「怪我して帰ってきたマーリンを見て、恥ずかしいとか言ってる場合じゃないって思った。ひょっとしたらマーリンは死んでしまうかもしれない……想いを伝える前にいなくなってしまうかもしれない……そう思ったら……」

「……」

涙ぐむメリダに、マーリンはなにも言えず、黙って続きを促した。

「マーリンに死んでほしくなかったから必死になった……生きていてくれて……本当に嬉しかった……」

「メリダ……」

メリダの顔は、涙でくしゃくしゃになっていた。

「ありがとう、生きていてくれて。がんばってくれてありがとう」

涙でくしゃくしゃの顔で笑顔を見せ、そう言った。

その笑顔を見たマーリンは、たまらなくなり……。

「あっ……」

メリダを抱き締めた。

「そんな……そんな可愛いこと言うな……それ以上言ったら……俺はダメになる……」

「マーリン？」

「……メリダに溺れちまう」

抱き締めながらメリダの耳元で囁《ささや》くマーリン。

そして、そのマーリンの囁きを聞いたメリダは……。

「……いいよ」

「……え？」

「溺れて……いいよ……」

マーリンを強く抱きしめ返した。

マーリンの想いは、メリダに受け入れられた。

メリダは、マーリンの想いを受け入れた。

「メリダ……」

「マーリン……」

潤《うる》んだ眼でマーリンを見つめるメリダに、マーリンはもう我慢などできなかった。

「「……ん」」

暖炉の前で……二人の影が重なりあった。

◆

「……ん？　どこだ？　ここ……」

チュンチュンという鳥の鳴き声で目が覚めたマーリンは、辺りを見渡し不思議そうな声を出した。

寝起きで頭が回っていない状態から徐々に意識が回復してくると、ようやく自分の置かれた状況が把握《はあく》できた。

「ああ、そうか……昨日はそのまま寝たんだったか……」

昨日、魔物化した熊を討伐したのはいいものの、浅くない傷を負い血を多く失ってしまったマーリンは、夜中になっても雨が止まなかったこともあり、そのまま山小屋に宿泊することにした。

そして、そうなると当然……。

「……んぅ」

マーリンから少し離れたところから聞こえてきた少女の声に、マーリンは意識を向けた。

「はぁ……もったいないことしたなぁ……」

視線を向けた先には、メリダが毛布を被って眠っていた。

その体は、しっかりと制服を纏《まと》っている。

「まさか、全く反応しないとはな……血を流しすぎたか？」

昨日、メリダといい雰囲気となり、その雰囲気に流されるようにキスをした二人だったが、そこから先に進展することはなかった。

なぜなら、マーリンの体が反応しなかったからである。

メリダの方は、それだけでも十分満足だったようだが、マーリンは思春期真っ只中の健全な男子である。

この千載一遇《せんざいいちぐう》のチャンスに、何もできなかったことに相当凹《へこ》んでいた。

「まさかとは思うけど……不能になってたりとかしないよな？」

昨日の状況で体が反応しなかったことに、ちょっとした焦りを感じていたマーリンは、つい声に出してしまった。

「ん……んん？」

そのマーリンの言葉に反応したのだろうか、メリダが身じろぎすると、やがて目を覚ました。

「おう、起きたか」

「え……？　ここどこ？　なんでマーリン？」

「寝ぼけてんなよ、昨夜山小屋に泊まっただろ」

メリダも起きてすぐということで、中々状況判断ができなかったようだが、ようやく意識が覚醒《かくせい》してきたのか、その顔がみるみる赤くなっていく。

「あ、お……おはよう……」

「お、おう……」

昨晩の出来事を思い出し、真っ赤になって恥ずかしがっているメリダにマーリンも釣られて赤くなる。

照れくさくてお互いの顔が見られない状態が続いていたが、メリダがふと何かに気付き、赤かった顔がみるみる青くなっていった。

「あ、や、やだ！　見ないで！」

そう言いながら顔を隠すメリダ。

別に制服は着ているし、隠すものなどないのにとマーリンは不思議に思う。

「別に何も見えてねえぞ？　何恥ずかしがってんだ？」

「顔も洗ってないし、髪だってボサボサでしょ！　デリカシーないわね！」

男にとっては、起き抜けの顔など見られても、特に何とも思わないものなので、マーリンの言葉に悪意はない。

だが、女子にとって何も身嗜《みだしな》みが整っていない状態で人前に出ることなどありえないのである。

そんな女子の心の機微《きび》など全く知らないマーリンは、メリダの叫びにもイマイチ、ピンときていない。

「家じゃねえんだからよ、そんなこと気にしたってどうにもならねえだろ？」

「うるさい！　ちょっと待ってて！」

先ほどまでの初々しい態度はどこへ行ったのか、いつもマーリンにしているのと同じ態度でそう叫んだメリダは、流しのあるキッチンに向かった。

一体メリダが何をするつもりなのかと気になったマーリンは、流しの様子を窺った。

すると掌に顔を洗える程度の水を魔法で生み出し、顔を洗っているメリダが見えた。

顔を洗い終わったメリダは、そのまま髪も水で濡らし、今度は軽く起こした風の魔法で髪を乾かしだした。

その光景を見ていたマーリンは、驚愕に目を丸くし、思わず叫んでしまった。

「お、おい！　なんだそれ？　すげえじゃねえか！」

「わっ！　わあああっ！」

「あ……」

風の魔法を使っていたメリダは、突如《とつじょ》マーリンに声をかけられたことに驚き、魔法の制御を乱してしまった。

結果、若干暴走した風の魔法が生み出したのは……。

「……青、か」

何気なく呟いたマーリンの言葉に、みるみる顔を真っ赤にしていくメリダ。

「あ、あ、あ……」

「あ？」

「アンタはぁぁぁっ!!」

「ぐえっ！」

狭いキッチン内で風の魔法が暴走すれば、風が舞い上がる。

そして、メリダの着ている服は、高等魔法学院の女子制服である。

「わざと!?　ねえっ、わざとやってんの!?」

「ち、ちが……前のはお前の自爆だし、今回のは事故……」

「うるさあい！」

恥ずかしさのあまり、マーリンの胸ぐらを摑み締め上げていくメリダ。

その姿は、昨日のしおらしかった様子を微塵《みじん》も感じさせなかった。

ようやく落ち着いたメリダから解放されたマーリンは、若干咳き込みながら、メリダを見た。

「なんだよ……昨日は、あんなにしおらしかったのに……」

「う……」

昨日のメリダは、魔物が現れたという状況や、自分を守るためにマーリンが怪我をしてしまったということ、そういった不安や負い目から強く出ることができなかったのだが、マーリンが無事だったこと、そして、ずっと隠していたマーリンへの気持ちを暴露したことで、気分がかなりハイな状態になっていた。

それが一度寝起きしたことで気持ちが少し落ち着き、今までのマーリンに対する態度に戻ってきていた。

昨日とあまりに違う態度を取ってしまったことで、少し気まずい表情をしていたメリダだったのだが、マーリンはあまり気にしていなかったようで。

「まあいいや。俺も顔洗お」

そう言いながら流しに行き、先ほどメリダがやっていた要領で魔法により水を生み出そうとした。

したのだが……。

「お？　わぷっ‼」

「きゃあっ！　ちょっとマーリン！」

水を生み出すことには成功したのだが、それを掌に留めておくことができず、辺りに水をぶちまけてしまった。

「もう！　なにやってんのよ⁉」

「ぷあっ！　あれ？　意外と難しいな」

結局、顔どころか全身ずぶ濡れになってしまったマーリンは、メリダがいかに難しいことをしていたのか改めて思い知った。

メリダが使っていた生活に役立つ便利な魔法は、非常に繊細な魔力操作が必要になるのである。

マーリンはメリダの真似をしようとして魔力操作に失敗し、水をぶちまけてしまった。

いくら高威力な攻撃魔法を使うことができるといっても、繊細な魔力操作はまた別の話なのである。

マーリンは、そんなメリダのある意味高度な魔法のことに意識が向き、ずぶ濡れになっている状況が気になっていないのだが、メリダの方はそうはいかなかった。

「もう、せっかく乾いたのにまた濡れちゃったじゃない」

そう言うと、先ほど起動していた風の魔法を再度行使する。

その風を受けたマーリンは、再度驚愕する。

「お、温風だと⁉」

「きゃっ！　わあああ！」

ただの風だと思ったら温風だったことに、マーリンは驚愕し、思わず叫んでしまった。

顔を洗っていた水といい、髪を乾かすための風といい、マーリンが苦労するほどの繊細な魔力操作が必要であるのに、更に温風である。

そのことに、驚くのも無理はないのだが……。

「あ……」

「ア、アンタ……」

この状況は、さっきと全く同じである。

ということは……。

「い、いや……決してわざとじゃ……」

「うるさーい！」

そう叫んだメリダは、せっかく乾かそうとしていたマーリンを、先ほどよりもっとずぶ濡れにしてしまったのであった。

◆

野外実習に来たアールスハイド高等魔法学院の一行は、突然降りだした大雨により身動きが取れなくなった。

そして、テントを設営し風雨をしのいでいたのだが、ここである問題が起きた。

生徒が二人、山中より帰還していないのである。

王都への帰還を断念せざるを得ないほどの豪雨となっているため、山中も相当なことになっていると予想できる。

そんな中、無理に帰還を試みるより、山中で雨風をしのげるところを探し出し、待機している方が安全ではある。

しかし、安否の確認そのものが取れていない。

未帰還の生徒は、アールスハイド高等魔法学院史上最高の天才と言われるマーリン＝

ウォルフォードと、非常に繊細な魔力制御を得意とし、こちらも将来有望なメリダ＝ボーウェン。

この二人の実力から、恐らく無事でいるとは思うが、安否確認が取れていないため、教師達は眠れぬ夜を過ごした。

そして、雨は明け方に止んだらしく、朝になった今では青空が広がっている。

その外の様子を見た教師たちは、早速行動を起こした。

「私達は、山中にウォルフォードとボーウェンを捜しに行く。皆はここで待機しているように」

そう言うと、教師達は複数人で山へ二人の捜索に向かう。

「待って下さい！」

「なんだ？　マクリーン」

その教師達にカイルが声を掛け、走り寄ってきた。

「僕も……僕も連れて行って下さい！」

「何を言っているマクリーン。お前は皆と一緒に待っていろ」

「大人しく待ってなんていられません！　二人は僕の友人なんです！　僕も捜しにいきます‼」

マーリンに次ぐ実力を持ちながら、マーリンとは違い優等生であるカイル。

そのカイルが必死になって訴えている。

普段なら生徒を捜索に加えることなどしないのだが、カイルは入試首席。魔法の実力も、マーリンに次ぐ次席である。

カイルならば問題はないかと判断した教師は、カイルの同行を許可した。

「分かった。マクリーンならば問題あるまい。だが、自分の身は自分で守ること。これができない者を捜索に加える訳にはいかんぞ？」

「大丈夫です。問題ありません」

「ならよし。行くぞ」

「はい！」

カイルの行動は他の生徒達には、友人を捜しに行くために必死になっているように見えた。

実際そうも言っていたし、教師達もそう思った。

だが、カイルの内心は若干違っていた。

（雨の山……二人きりで過ごす男女……なにか起きたって不思議じゃない）

二人には内緒にしているが、密かにメリダに想いを寄せているカイルは、こんな物語にありがちなシチュエーションが二人に起きたことに、非常に強い焦燥《しょうそう》を感じていた。

マーリンの方はメリダに苦手意識を持っているようだが、メリダは、明らかにマーリンを意識している。

最初に取った態度が原因で素直になれていないメリダだったが、その内心はかなりマーリンに寄っている。

このシチュエーションは、非常に行動に移りやすい。

二人きりだし、なにより雨だ。

濡れた服を乾かす為に脱ぎ、裸になった二人は……。

ギリッ。

誰にも聞かれることはなかったが、カイルの歯を噛みしめる音がした。

マーリンとは、中等学院で初めて会ったが、その時から良いところは全てマーリンが持っていった。

魔法の実力はいわずもがな、今では問題児扱いをされているが、それは高等魔法学院の実力に幻滅したからであり、本来のマーリンは不良ではない。

中等学院の頃は、周りから兄貴的な存在として慕《した》われており、特に後輩から非常に好かれていた。

カイルも、持っているスペックは非常に高いのだが、マーリンがいる為に常に二番手。

マーリンの陰に隠れてしまい、今まで彼に注目が集まることはなかった。

そして、自分が想いを寄せているメリダもマーリンに意識を向けている。

自分の方へ意識を向ける努力をしなかったのがいけないのだが、カイルにはそれがどうしても納得いかない。

何故マーリンばかりが……。

カイルの脳裏にはそんなことばかりが渦巻いていた。

「おい！　なんだこれは⁉」

マーリンへの嫉妬で胸を焦がされそうだったカイルは、先頭を行く教師の大声でハッと我に返る。

「どうしたんですか？」

「これを見ろ」

「こ、これは……」

教師が指し示したところを見ると、明らかに戦闘を行った跡があった。

昨夜の雨で鎮火しているが、相当強力な火の魔法を使用したのだろう。

大きな木が真っ黒に焦げていた。

「これは……ここで戦闘があったのは間違いないな」

「問題は、何と誰が戦ったかですが……」

「おい！　これ見ろ！」

教師達が話し合っている中、周りを調べていた教師があるものを発見した。

「これは⁉」

「く、熊の爪痕……」

木が抉《えぐ》れるほどに大きく残る熊の爪痕。

通常、動物である熊にはここまで大きな爪痕は残せない。

そして、動物の熊を退治するのに、こんな戦闘痕が残る魔法は使わない。

ということは……。

「熊の魔物が現れたのか⁉」

「そんな⁉」

「マズいぞ。相手が熊の魔物となると、ウォルフォードといえど……」

魔物の餌食になってしまったのではないか？

教師達の脳裏に最悪の結末がよぎる。

カイルも、嫉妬を覚えることもあるが、友人であるマーリンが熊の魔物と遭遇したかもしれないと、急に不安になった。

「ウ、ウォルフォードォォッ‼　どこだあぁっ⁉」

「はい？　なんッスか？」

「「「はぁっ⁉」」」

不安になった教師の一人が大声でマーリンを呼ぶと、その声に返答があった。

まさか返事があるとは思っていなかった教師達とカイルは、素《す》っ頓狂《とんきょう》な声をあげ、返事がした方を見た。

するとそこには……。

「皆さんお揃いで、カイルまで何してんの？」

「ちょっとマーリン。私達を捜しに来てくれたんでしょ。お礼を言わないと」

メリダに肩を借り、ふらつきながらも歩いてくるマーリンの姿があった。

「ウォルフォード！　お前っ、無事だったのか⁉」

「その制服……その傷……熊の魔物と戦ったのか？」

「ボーウェンも一緒か！　お前は怪我はないのか⁉」

「ちょっ、ちょっと待ってくれよ先生達！　一遍に話しかけられても答えらんねえよ！」

マーリンとメリダを捜しに来たら、熊の魔物と戦闘をしたと思われる痕跡《こんせき》を見つけた。

いかに魔法学院史上最高の天才といえど、まだ大型の魔物との戦闘は難しいと思っていた教師達は、マーリンが生きているとは思えなかった。

しかし実際にはマーリンは生きており、その姿を見るに戦闘も行ったようだ。

これはどういうことなのか？　熊の魔物はどうしたのか？　と、矢継ぎ早にマーリンに説明を求めた。

教師達に詰め寄られたマーリンは、一度に話し掛けられても答えられないと興奮する教師達を抑える。

「す、すまないな。それで？　この痕跡を見るに、熊の魔物と戦ったんだろう？　熊の魔物はどうした？」

マーリンが生き残っているということは、熊の魔物を仕留めたか、逃げ切ったかのどちらかだ。

だが、高等学院の一年生が単独で大型に分類される熊の魔物を討伐できたとは考えにくい。

　となるとマーリンは逃げ切ったのだろう。

　なら、熊の魔物はどこに行ったのか？

　待機している生徒達の方に向かえば、それこそ最悪の事態になる。

　そう思って聞いたのだが、マーリンから返ってきた答えは教師達の想像を超えるものだった。

「ああ、異空間収納の中」

「……は？」

　教師はマーリンの言葉が理解できない。

「だから、異空間収納の中だって。何回も言わせんなよ」

「ちょっとマーリン。先生に向かってそんな口の利き方はないでしょ？」

「だってよ……」

　目の前でマーリンとメリダが、以前の関係では考えられないほど穏やかなやり取りをしている。

　だが、教師達はそれどころではなかった。

　異空間収納の中にいる。

　それはすなわち、熊の魔物は生命活動を停止させているということだ。

「ほ、本当に仕留めたのか？」

「なんだよ、疑ってんの？」

教師達は自分の言葉を信じていない。

そう感じたマーリンは、その場で異空間収納を開き、回収してあった熊の魔物の死体を出した。

「うおっ！」

「こ、これは⁉」

「……デカいな。こんなのが出たのか……」

「マーリン、本当にコレ君が？」

魔物化し、元々体躯《たいく》の大きい熊がさらに巨大化した熊の魔物。

その死体を目の当たりにした教師達とカイルは、信じられないものを見る目でマーリンを見る。

そんな中で、一人だけ違う目線で熊の魔物を見ている者がいた。

「こんな大きかったんだ……ホントに……ホントに無事でよかった……」

この熊の魔物が生きている時に目撃し、恐怖のあまりにパニックを起こしたメリダは、この魔物の正確な大きさを知らなかった。

こんなに大きかったのかと、こんな魔物にマーリンは立ち向かったのかと、改めて恐ろしくなる。

そして、傷付きながらこんな大きな魔物を倒して自分を守ってくれたマーリンに対して、感謝の気持ちが溢れてきた。

「ん？　ああ、気にすんなよ。俺としてもいい経験ができたんだからよ」

「でも……」

「ハイハイ、これでお終《しま》い」

「「ああっ！」」

このままだと、メリダがずっと気にしてしまうと感じたマーリンは、熊の魔物の死体を異空間収納に戻した。

その行為に教師達が声を上げたのである。

「なんだよ先生。これ、ハンター協会に持って行って売るんだからな。やらねえよ？」

「そ、そこをなんとか！」

「熊の魔物を見るのは久し振りだ。研究してみたいんだが？」

「そうだ！　ハンター協会より高値で買い取る！　だから学院に売ってくれ！」

「マジで⁉　売る売る！　いくらで買ってくれる⁉」

「もう！　マーリンッ！」

さっきまで感動していたのに、いきなり教師達と売買交渉を始めたマーリンに、メリダは雰囲気を壊されたと憤慨《ふんがい》した。

そして、そんな光景を一人蚊帳《かや》の外《そと》で見ていたカイルがメリダに声をかけた。

「メリダさん。大丈夫？」

「あ、カイル君。ゴメンね、心配かけて」

「いや……それより、あの後何があったの？」

中々戻らないマーリンを捜しにメリダが引き返した後何があったのか。

そして、戻ってきたのは一晩経ってから。

その間に、一体何があったのか。

カイルは気になって仕方がなかった。

「そ、そうだウォルフォード。一体何がどうなってこんなことになっているんだ？」

「なぜボーウェンまで一緒にいる？」

「えーと、どこから話せばいい？」

「最初から。マーリンはどのタイミングで魔物を見つけてた？　僕もメリダさんも気付かなかった」

「そうね。私も全く気付かなかったわ。いつなの？」

カイルには、それがどうしても気になった。

一体、いつからマーリンは魔物に気付いていたのだろうか。

あの帰り道で離れたということは、それ以前から気付いていたはずだ。

しかし、自分もメリダも全く気付かなかった。

「ああ。昼飯食ってる時」

「お昼？」

「そうか、あの時……」

昼食時、マーリンの様子がおかしい時があった。

あの時マーリンは、なんでもないと言っていたが、恐らく魔物の魔力を察知したんだろう。

だから、昼食を早めに切り上げて帰ろうと言ったのだ。

好奇心で聞いたが、結果はまたしてもマーリンに実力の差を見せつけられたカイル。

聞くんじゃなかったと内心で思いながらも、マーリンには「凄いな。僕は何も感じなかった」と称賛《しょうさん》する言葉を掛ける。

そんな自分に幻滅《げんめつ》するカイル。

さらに彼には、魔物の察知よりもっと気になっていることがあった。

それは……。

「さすがマーリンね。そんな遠い場所にいる時から気付いてたなんて。でも、そんなに遠くにいたのなら、なんで班から離れてまで狩りに行ったの？」

「え。あー、それは……」

「そういえば、あの時、割と近くでマーリンを見つけたけど……まさか！」

「な、なんだよ」

「ひょっとして、熊の魔物がこっちに向かって来たんじゃない？　それで、皆を危険に晒《さら》さないように一人で……」

「ばっ！　か、買い被り過ぎだ！　た、ただ俺は大型の魔物の討伐を経験したかっただけで……」

「フフ、そう。じゃあ、そういうことにしとくわ。マーリン」

「んだよ」

「……ありがと」

「な、何言ってんだメリダ！」

二人が、以前からは考えられないくらい明らかに親密になっている。

その二人の様子を、カイルは胸を掻《か》き毟《むし》るほどの思いで見ていた。

しかし、元々犬猿《けんえん》の仲だった二人の関係を知らない教師達は、そんな変化など知る由もなく熊の魔物との遭遇から戦闘、討伐まで詳しく説明を求めた。

そして、魔物に関する話を聞いた後は、マーリン達が一晩どこにいたのかと質問した。

教師達とは違い、カイルは魔物のことなどどうでも良かった。

これが聞きたかった。

「この先に、林業の作業員用の山小屋あんだろ？」

「ちょっと待て、ええっと……ああ、あった。これか」

懐からこの辺りの地図を出した教師が、地図上にマーリンの言う山小屋を発見した。

「メリ……ボーウェンをその山小屋に避難させてたから、熊の魔物との戦闘が終わった後、そこに行った」

「そうなのか？　ボーウェン」

「はい。熊の魔物を討伐してくるって言って出て行って……しばらくしたら胸に大きな傷を作ったマーリンが戻って来て」

「それで？」

その時のことを思い出したんだろう。メリダは涙ぐみながら当時の状況を話す。

しかし教師には、どうしてもこの先確認しておかなければいけないことがあった。

山奥の小屋で、男女が一晩一緒にいたのだ。

高等魔法学院は男女交際を禁止してはいないが、野外実習中ということは今は授業中だ。

授業中にあってはならないことが、あったのではないか？

教師達はそれを疑っていた。

「……傷が結構深くて、ずっと治癒魔法をかけてました。なんとか傷は塞がったんですけど、雨で傷口が濡れたせいで血が止まってなくて……かなりの血液を失っていたようで、マ……ウォルフォード君はずっと寝ていました」

「……フム。どうやら本当のようだな」

メリダの言葉を裏付けるように、マーリンはずっとメリダに肩を貸してもらっており、一人で歩けないほど体力を消耗している。

そんなマーリンが、メリダとそういうことができたとは思えない。

そう判断した教師は、これで全て終わりにすると帰還を促した。

「よし。ウォルフォードとボーウェンも無事に回収できたし、そろそろ戻るとするか。そうだボーウェン、ずっとウォルフォードに肩を貸していて疲れただろう。私が替わってやろうか？」

「え？　いえ、その……」

女子生徒がずっと男子生徒に肩を貸しているのは、体力的にきついだろうと教師が気を利かせて掛けた言葉だったのだが、メリダは即答できなかった。

そして、その答えは、メリダではなく別のところからもたらされた。

「先生、それなら僕……」

「ええーっ⁉　やだよ！」

メリダからマーリンを引き離したかったカイルが、自分が替わろうかと提案しかけた時、マーリンが拒絶の言葉を発した。

「なぜだ？　女子にこれ以上負担を掛ける訳にはいかんだろ？」

「だってよ」

マーリンは、自分達以外の面子《メンツ》を見てこう答えた。

「ムサい男より、女子の方がいいに決まってんじゃん」

ハッキリとそう答えるマーリンに、教師達は一瞬呆けるが、すぐにクックと笑い出した。

「そうかそうか。野暮《やぼ》なことを聞いて悪かったなウォルフォード」

「ボーウェン、それでも辛くなったらすぐに言うんだぞ？　まあ、そんなことは言わんか」

「若いってのはいいなあ」

ハッハッハと笑う教師達。

その教師達の反応で、どういった考えを持ったのか、メリダにはすぐに分かった。

恋人同士だと思われたのだ。

そのことに対してメリダは。

「マーリン……もう、ばか……」

マーリンに肩を貸しながら、真っ赤になっていたのであった。

そして、それを見ていたもう一人は。

「やっぱり……」

またか。

またマーリンに良いところを持っていかれるのか。

メリダはなにもなかったというが、絶対そんなことはない。

何かあったはずだ。

カイルは思う。

なぜいつも自分は、マーリンの立場にいないのだろうか？

友人として一番近くにいる筈《はず》なのに、美味いところは全部マーリンのところへ行く。

なぜだ？

なぜ……。

「おーいカイル。何ボーッとしてんだ？　帰るぞ」

「あ、ああ。今行く」

暗い心の内を決して見せないようにしながら、カイルはマーリンの下に駆け寄った。

そして、その日からマーリンとメリダは恋人同士になったと皆が噂し、二人はその事を……。

否定しなかった。

◆

「ねえ、聞いた？　あの噂」

「ウォルフォード君とボーウェンさんのこと？」

「そう！　意外だったよねえ」

マーリンとメリダが恋人同士になった。

その噂はあっという間に学院を駆け巡った。

優秀だが素行不良な男と、優等生な女。

物語でもありがちなシチュエーションだが、実際に身近で起きると、非常に興味をそそる話題として皆が関心を寄せた。

「でも、マクリーン君可哀想だね」

「ホントだね。友達に彼女取られちゃ……」

「そんなことないよ」

「あ……マクリーン君……」

元々は、メリダとカイルが付き合うようになると予想していた者がほとんどだった。

なので、噂の中にはカイルがマーリンに彼女を取られたという声も多くあった。

しかし、カイルはこの噂が許せなかった。

「メリダさんは最初からマーリンのこと好きだったんだよ。僕は、ずっと二人を応援してたんだ」

「え？　あ、そ、そうだったんだ」

「そうさ、だから二人のこと、見守ってあげてね」

「う、うん。分かった」

「ありがとう」

自分のことを噂していた女子生徒に、その噂は間違いだと指摘するカイル。

自分は、元々メリダを彼女にするつもりはなかったと。

最初から二人を応援していたんだと、そう皆に言って回った。

その話を聞いた生徒達は。

「そっか、マクリーン君、二人のこと応援してたのか」

「友達想いだねえ」

友人のために色々と気を配る男だと、そう思うようになっていった。

だが、カイルの本当の思惑は違っていた。

結局、カイルは自分の恋心より、周囲の評価の方を気にしたのである。

実際、そんなことはまったく起こっていないのに、マーリンとメリダを巡って競い、負けたのだと噂する者もいた。

そんな憶測《おくそく》で噂されるなど、カイルには耐えられない。

自分は負けてなどいない。

ただ想っていただけ。

口に出したことも、態度に出したこともない。

最初からそんなことは起こり得なかったと、周囲に思わせたかった。

とはいえ、そのように周囲に思わせることはできても、当のカイルの心の奥では……。

そんな周囲への印象操作をしたカイルは、次の授業の準備を始める。

そこへ……。

「痛てて！　メリダ！　耳を引っ張んな！」

「うるさい！　よくも皆に口うるさい女だとか言ってくれたわね！」

「事実じゃねえか！」

「黙れ！」

マーリンが、メリダに耳を引っ張られながら教室に入ってきた。

相変わらずケンカばかりの二人だが、その様子は以前と少し変わっていた。

「ホントに恥ずかしかったんだからね！」

「わ、悪かったよ……」

「……本当にそう思ってる？」

「ああ、思ってるよ」

「じゃあ、帰りにスイーツ奢《おご》りね」

「はあ⁉　なんで⁉」

「問答無用《もんどうむよう》！　さーて、なに奢ってもらおうかなあ？」

「聞いてねえ⁉」

以前の犬猿の仲であった頃の険悪なケンカではなく、それはまさに恋人同士の痴話喧嘩《ちわげんか》。

前はハラハラしながら見ていた周りのクラスメイト達も、今では微笑《ほほえ》ましいものを見る目に変わっている。

カイルも、見た目は周りと同じようにしているが、内心では嫉妬心が渦巻いていた。

それは、メリダを取られたことではなく……。

（なぜマーリンばかりがいい思いをする？　なぜ僕はいつも引き立て役ばかり？　なぜ？　なぜ……なぜなぜなぜなぜなぜ……）

「あ、カイル君！　マーリンが帰りにスイーツ奢ってくれるって」

「カイルも⁉」

周りの目を気にして内心を見せないカイルに、マーリンとメリダの二人は今まで通りの付き合い方をしてくる。

カイルは、そのたびに少しずつ心がすり減っていることを感じながら……。

「へえ、そりゃ楽しみだ。なら、この前オープンした店に行ってみようよ。評判良いらしいよ」

「わあ！　楽しみ！」

「俺は楽しくねえ！」

カイルは、二人と友人付き合いを続けるのであった。

「フフフ、あの三人本当に仲がいいね」

「ねー。最初はマクリーン君とボーウェンさんが付き合うと思ってたけど……コレはコレでしっくりくるかも」

「ホントそうだよね。ウォルフォード君とボーウェンさんが喧嘩してて、困り顔のマクリーン君が二人をなだめてるっていうね」

「絶妙なバランスだよね」

アハハハと、クラスメイト達の笑い声が聞こえてくる。

マーリンとメリダは、放課後に行くスイーツ店でなにを食べるか揉めていて、話は聞こえていない。

カイルは、そんな二人を見ていただけなので、周りで噂する声が聞こえていた。

そんな噂にカイルは苦笑で応える。

内心では、そんな役になどなりたくなかった。自分も主役になりたかったと、マーリンに対して強く嫉妬していたのだが、それをおくびにも出さない。

周りのクラスメイト達も、マーリンやメリダですら、カイルの本心にはまったく気付いていなかった。

「おいカイル！　カイルからも言ってやってくれよ！」

「なにをさ？」

「そんなに食うと太るぞって！」

「なっ⁉　失礼なこと言うな‼」

相変わらずの二人。

喧嘩ばかりしているけど、本当はお互いを想い合っている二人。

周囲はもう、そういう目で二人を見ていた。

なのでカイルは、周囲のそんな目すら気にして二人のフォロー役に徹する。

「まあまあメリダさん。確かにスイーツは食べすぎると太っちゃうよ？」

「う……」

「なんでカイルの言うことは素直に聞くんだよ……」

「アンタより説得力があるからね」

「くっ……カイルと比べられると、なにも言い返せねえ……」

「はは……色々と食べたいなら三人でシェアしようよ。種類も食べられるし、量は増えないでしょ？」

「それだ！　さすがカイル君！　首席なだけある！　どっかの脳筋よりよっぽど頼りになるね！」

「脳筋は騎士であって、魔法使いは脳筋じゃねえだろ！」

「力業《ちからわざ》なのは一緒でしょ？」

「テ、テメ……」

「はいはい、二人ともそこまで。もう授業始まるよ」

「うふふ、残念ね、マーリン？」

「メリダさんも、マーリンを煽《あお》らないように」

「はーい」

そんな光景を見ていたクラスメイトが、ふと呟いた。

「マクリーン君、二人のお母さんみたいね」

それを聞いたカイルは、そんな評価をするクラスメイトに苦笑を見せる。

決して「ふざけんな！」と思っている内心は見せない。

そして、同じようにクラスメイトの言葉を聞いたマーリンは、なにかを思い出した素振りを見せ、メリダに声をかけた。

「なあ、メリダ。今度の休み暇か？」

「え⁉　や、休みの日⁉　ちょ、みんなのいる前でなに言ってんのよ⁉」

休日に予定はあるかと聞いてきたということは、デートの約束を取りつけようということだとメリダは理解した。

そして、皆の見ている前でデートの約束をしようとするマーリンに、こんなところでなにを言い出すのかと憤慨するメリダだったが、マーリンの口から出た言葉は、デートの約束より凄いものだった。

「は？　なに言ってんだ？　いや、ウチのババアがよ、メリダに会わせろってうるせえんだわ。今度の休み、ウチ来れるか？」

まさかの自宅への誘い。

それも、母親への紹介だ。

マーリンと付き合い始めて、まだ数日しか経過していないメリダは、まさかそんな誘いを受けるとは思ってもいなかった。

そして……。

「その話こそ、みんなの前でしてんじゃないわよおおっ‼」

デートの約束よりもすごい誘いに、メリダは真っ赤になり、周りのクラスメイトは興奮し、カイルは……。

(皆の前で親密さのアピールかい？　意外と姑息《こそく》だなマーリン)

マーリンの天然までも、目立つための計算と受け取っていた。

そして、当のマーリンは。

「で？　空いてんのか、空いてねえのか、どっちなんだよ？」

まったく、なにも考えていなかった。

そんなマーリンにメリダは。

「空いてるわよっ！」

皆の前で力の限りに叫んでしまい、また真っ赤になってしまったのである。

◆

「マーリン。私、大丈夫？　変じゃない？」

「ああ？　どこもおかしくねえよ。てか、なに緊張してんの？」

「あ、当たり前でしょうがあっ！」

学院が休みであるこの日、メリダはとある場所に来ていた。

「なんで？　ウチのクソババアに会うのに緊張する必要なんかねえって。それに……」

「それに？」

「……それ可愛いしよ」

「バ、バカ……」

普段、魔法学院の制服を見慣れているマーリンにとって、普段着姿のメリダは非常に新鮮に見えた。

白く清楚《せいそ》なワンピースが、美少女であるメリダによく似合うと本気で思った。

そんな言葉が出るくらい気楽なマーリンに対し、緊張でガチガチのメリダ。

それもそのはず。

今日、メリダが訪れていたのは……。

「じゃあ、中に入ってくっだああっ！」

「誰がクソババアだい！　このドラ息子が！」

マーリンの自宅なのだった。

メリダを家の中に招き入れようとしたら、後ろから思いっきり頭を叩かれた。

「痛ってえな！　いきなり後ろから頭ド突いてんじゃねえよ！　このクソババア！」

「アンタの頭はド突かないと治んないんだよ！　このドラ息子！」

「なんだと⁉」

「なんだい⁉」

中から出てきたのは、まさに肝っ玉母さんという言葉がピッタリな貫禄たっぷりの女性。

マーリンとのやり取りから、間違いなく母親だと思われる。

その母親とマーリンが、メリダの目の前でいきなり親子喧嘩を始める。

マーリンの方は多少手加減をしているようだが、母親の方は手加減なし。

全力でマーリンの頭をシバいていた。

「あ、あのお義母《かあ》さま、もうその辺で……」

思わず二人の喧嘩に口を出してしまったメリダ。

するとマーリンの母親は、そのメリダを見て目を見開き、鬼の形相《ぎょうそう》に変わってマーリンをシバキ始めた。

「マーリン‼　アンタ……アンタついにやりやがったねえっ⁉」

「痛えっ！　はあぁ⁉　なにがだよ⁉」

「今日連れてくるのは恋人だって言ったねえ⁉」

「そ、それがどうした⁉」

「こんな可愛いお嬢さんが、アンタの恋人になってくれる訳ないでしょうがあ！」

「失礼なこと言うな！」

マーリンは、母親にちゃんと自分のことを恋人だと言っていたらしい。

ただそれだけなのだが、メリダはそのことが嬉しくて頬が赤くなるのを感じた。

それに『可愛いお嬢さん』だ。

どうやら母親にも気に入ってもらえたらしい。

と、そう思っていたのだが……。

「アンタなにやった⁉　脅迫かい⁉　洗脳かい⁉」

「ホントに非道いこと言うな！　クソババア！」

マーリンのあまりの信用のなさに、苦笑がこぼれるメリダ。

とりあえず、母親を落ち着かせなければいけない。

「あの、お義母さま、安心してください。私、脅迫も洗脳もされてませんから」

「……それは本当かい？」

「はい。はじめまして、メリダ＝ボーウェンといいます。よろしくお願いします、お義母さま」

「……マーリン」

「今度はなんだよ……」

大多数の人間が美少女であると認める少女が、自分のことをお義母さまと呼ぶ。

マーリンの母親はそのことに言葉を失い……。

「痛った！」

「でかした！　よくこんな素晴らしいお嬢さんを連れてきたね！　奇跡だよ！」

「痛い！　分かったから、背中をバシバシ叩くな！」

母親の興奮は、さらに高まってしまったのである。

「はあ……ゴメンねえメリダさん。みっともないとこ見せちゃったわねえ」

「いえ、そんな」

「本当にな、恥ずかしいったらねえよ」

「アンタは黙ってな！」

「だから！　ポンポン頭を叩くなって言ってんだろうが！」

「は！　これ以上悪くなりようがないだろ？　叩けば元に戻るかもしれないじゃないか」

「俺は壊れた魔道具じゃねえ！」

「……クフッ！」

マーリンと母親によるやり取りは、普通の家に生まれたメリダにとってとても新鮮で、とても面白いものだった。

つい噴き出してしまい、その笑い声に我に返った母親が再度メリダに向き合った。

「んんっ！　さて、改めて自己紹介しようかね。アタシはサンドラ、サンドラ＝ウォルフォード。この馬鹿息子の母親だよ。よろしくね、メリダさん」

「あ、はい。よろしくお願いします」

サンドラと名乗ったマーリンの母は、礼儀正しくお辞儀するメリダを見て笑みを深める。

「うん。礼儀正しいし、可愛いし、ウチの馬鹿息子にはもったいないねえ。他にいい人はいなかったのかい？」

サンドラにしてみれば当たり前の疑問だが、メリダは別の意味に捉えた。

「あ、え、あの……私ではダメでしたか……？」

マーリンを止めて他の男にしろと、そう言われたと思った。

認めてもらえたと思っていたのに、勘違いだったのかと、メリダの目にジンワリ涙が浮かんできた。

それを見て慌てたのはサンドラだ。

「あ、違う違う！　メリダさんなら、マーリンみたいな不良より、もっといい相手だっていただろうに、なんでよりによってこの馬鹿を選んだんだい？　って意味だよ」

「……さっきから馬鹿、馬鹿言い過ぎじゃね？」

「その通りなんだからしょうがないだろ。それより今大事な話をしてるんだ、口を挟むんじゃないよ」

「……」

実の息子より彼女の方を優先する母。

母のその姿を見て、マーリンは絶対に口には出さないけれど、良かったと思った。

自分よりメリダのことを気にかけているからだ。

まさか、この母親に限ってそんなことはないだろうが、世の中には彼女や嫁を、自分から息子を取り上げる敵だと思う母親もいる。

マーリンは、サンドラがそんな行動をとったところを想像しようとして……。

ブルッ！

言い様のない悪寒に襲われていた。

マーリンが馬鹿な想像をしている間もサンドラとメリダの会話は続いている。

「本当に不思議だよ。メリダさんは完全に選ぶ立場の人間だろ？　なんだってマーリンのこと選んだんだい？」

「え、選ぶ立場って……そんなことないです。それにマーリン君には私から告白しました し……」

メリダからのまさかの告白にサンドラはまたしても目を丸くした。

「やっぱり、洗脳……」

「されてませんってば」

信じられない様子のサンドラに苦笑するメリダ。

洗脳でないならなぜなのか。

サンドラはとにかく気になった。

「この馬鹿息子に魔法以外の長所はないよ？　どこが気に入ったんだい？」

魔法以外に長所はない。

そう言われても、メリダにはなんとなくしっくりこない。

「魔法については考えたことありませんでした。むしろマーリン君の魔法は、嫉妬の対象でしたから」

母の考える唯一の長所は嫉妬の対象。

そう言うメリダに、サンドラはさらに不可解な思いになる。

「ならなんで？　やっぱり、物語でもよくあるけど、優等生の女の子は不良に憧れるのかい？」

「誰が不良だ、誰が」

マーリンの抗議は、サンドラ、メリダ共にスルーした。

「ちょっとくらい相手してくれよ……」

無視されて思わず漏れたマーリンの呟きに苦笑しながら、メリダはサンドラに答える。

「それはないです。マーリン君の素行《そこう》は今でも問題だと思ってますし、更正させようと努力してます」

「ますます分からないねえ」

そう言って首をかしげるサンドラに、メリダは思わず笑みがこぼれる。

「本当はちゃんとした理由があるんですけど、マーリン君もお義母さまに聞かれたくない話もあるでしょう。ですから、今は内緒にしておきます」

そう言って微笑むメリダに、サンドラはようやく引き下がった。

「それもそうかねえ。息子と彼女の馴れ初めなんて根掘り葉掘り聞くもんじゃないか」

どこでどう育て方を間違えたのか、最近では高等魔法学院始まって以来の不良とまで言われるようになった息子に、こんなに真面目そうで可愛らしい彼女ができるとは夢にも思っていなかったサンドラは、ついしつこく聞いてしまった。

だが、本来この年頃の男の子は、母親の干渉《かんしょう》をとにかく嫌う。

これ以上は干渉しないようにしようと決め、最後にメリダに向き背筋を伸ばした。

「メリダさん。馬鹿でどうしようもない息子だけど、母親想いなところもあるんだ。どうかよろしくお願いします」

そう言って深く頭を下げた。

「はい。よく知ってます。こちらこそ、よろしくお願いします」

そう言って、メリダも頭を下げる。

やがてお互いに頭をあげ、顔を見合って笑顔になる。

「なるほどね……メリダさんは、この子の本質をちゃんと見てくれたんだね……ありがとうね」

「いえ、そんな……」

そんな自分の彼女と母親のやり取りを、蚊帳の外から見ていたマーリンは……。

「……そういうのは、俺のいないところでやってくれ……」

羞恥《しゅうち》に悶えていた。

◆

「メリダさん。サンドラさんはどうだった？」

マーリンがメリダを招いた翌日の学院で、カイルがメリダに昨日のことを尋ねた。

カイルの正直な気持ちは、特別聞きたいとは思ってもいない。

もしこれで、メリダがマーリンの母に気に入られたら、二人の関係が一気に進むかもしれない。

なんとなくメリダへの想いを引きずっているカイルとしては、わざわざ聞きたいことではない。

しかし、自分はマーリンとメリダの仲を応援していると公言している以上、聞かない訳にはいかない。

自分の本心を表さず、取り繕ってしまう癖《くせ》があるカイルの難儀なところである。

そして、その質問をされたメリダは、しばらく考えた後こう答えた。

「そうね……なんていうか、マーリンのお母さんって感じだったわ」

義務的に問いかけただけのカイルであったが、メリダのその言葉を聞いてサンドラのことを思い出したカイルは、思わず噴き出した。

「ぷっ……あははは！　確かに、サンドラさんってマーリンのお母さんって感じだよね」

「カイル君のお母さんって言われてもピンとこないかもしれないけど、マーリンのお母さんって聞くと、妙に納得するのよ」

「あれくらい豪快じゃないと、マーリンの母親はやってられないよね」

「ホント、サンドラさんの苦労が目に浮かぶわ」

「テメエら……何勝手なことをほざいてやがる……」

カイルとメリダがサンドラの話で盛り上がっているところに、丁度マーリンが登校してきた。

話を聞かれていたメリダは、悪びれる素振りも見せない。

「マーリン。アンタ、サンドラさんに迷惑ばっかかけてんじゃないわよ」

「は？　別に迷惑なんてかけてねえよ」

「毎日迷惑のかけっぱなしじゃないのよ！　言っとくけど、私サンドラさんのこと大好きになったからね。何かあってもサンドラさんの味方するから」

「はあっ⁉　おまっ、メリダがクソババアの味方したら、余計に面倒臭いことになんじゃねえか！」

「クソババア言うな！」

子供の頃から頭の上がらない母と、何かと口うるさい恋人との悪夢のタッグ。

マーリンは、いずれ迎える恐ろしい将来を幻視し、思わず叫んでいた。

メリダに窘《たしな》められながらも、なんとか味方を探していたマーリンは、側で苦笑しながら話を聞いていたカイルに目を向けた。

「カイ……」

「悪いけど、僕もサンドラさんの側につくから」

「なっ！　こ、この裏切り者！」

全部言い切る前にカイルから仲間になることを拒絶されてしまった。

あまりの絶望にカイルを裏切り者呼ばわりするが、この時ばかりはカイルも本音をこぼした。

「サンドラさんとメリダさんに敵対するとか……悪夢でしょ」

「その悪夢に立ち向かわなきゃいけない俺は、どうすりゃいいんだ……」

「……ご愁傷様《しゅうしょうさま》だね……」

「助けてくれよぉ……」

「アンタ達……」

「「あ」」

高等魔法学院時代は概《おおむ》ねこのような調子で過ごしていった。

カイルは三年間首席の座をマーリンにも譲らず、学院始まって以来の秀才として高等魔法学院の歴史に名を刻んだ。

メリダは、高等魔法学院の活動の一つである研究会を自ら立ち上げた。

『生活向上研究会』と名付けられたこの活動に積極的に参加し、なおかつ二年から三年にかけては生徒会長も務め、学院の内外に知れ渡るほどの才女として有名になった。

そしてマーリンは……。

「ウォルフォードォッ!!」

「げっ、ヤベッ」

「学院内に魔物の素材を持ち込むなと、何度言ったら分かるんだっ!!」

「いや、だって！　また先生が買い取ってくれるって……」

「誰だ！　マーリンに魔物素材の依頼をした教師はっ！」

周りも巻き込んで騒動を起こし続け、学院始まって以来の問題児と呼ばれた。

そんな色んな意味で騒がしい学院生活を送っていた三人だが、いよいよ卒業を迎えることになった。

卒業後の進路として、カイルは魔法師団の試験に合格し、公務員になることが決まっていた。

高等魔法学院の首席であるカイルが魔法師団に入ることは至極当然のことと皆思っていたし、カイルならば近い将来に魔法師団長にもなれるのではないかと、同期の人間は期待していた。

マーリンは、周囲の予想を裏切らず、魔物ハンターとして生きていくことを選択。

今までも学院の授業の合間に魔物討伐は行っており、誰も不思議に思うことはなかった。

そして、一番驚かれたのがメリダの進路である。

メリダは、自ら研究会を立ち上げるほどの意欲と、生徒会長を務める真面目さと責任感に溢《あふ》れる人物である。

その進路は、当然魔法師団か魔法研究機関の最高峰、魔法学術院になると思われていた。

ところが、メリダの選んだ進路は『魔物ハンター』。

しかもその理由が……、

「私、マーリンと結婚するから」

というものである。

大半の生徒は、メリダとマーリンはすぐに破局するだろうと思っていたのだ。

マーリンが問題を起こすたびに二人が喧嘩していたのは皆がよく目撃していた。

にもかかわらず、一年経っても二年経っても別れる様子がない。

それどころか、年々親密度が増していっている様子だった。

そして卒業時のメリダの衝撃告白。

そのあまりのインパクトに、卒業生達の記憶の大半がマーリンとメリダのことで埋め尽くされた。

その結果、カイルの進路について誰も気にするものはいなかった。

第三章 ハンター生活は大変だ

鬱蒼《うっそう》とした深い森。

その森の中を、その場に似つかわしくない人物が歩いていた。

歳の頃は二十歳前後。

赤毛の髪をポニーテールにし、白いブラウスに長いスカート、そして木々から身を護るためのローブを纏《まと》った女性。

その顔にはお洒落《しゃれ》な眼鏡をかけており、街中ですれ違えば十中八九《じっちゅうはっく》美女だと形容されるであろう容姿。

メリダである。

マーリンと共にハンターになって一年と少し。

本日もメリダは魔物討伐のため、森に来ていた。

そして、恐らく猪《いのしし》と思われる魔物を発見し、その場に向かっていたのだ。

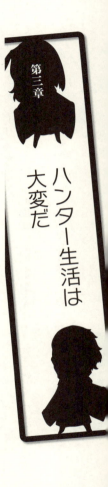

メリダの側にマーリンはいない。

高等魔法学院時代は有名な才女であったメリダだが、剣を扱える騎士や兵士を伴《ともな》わずに魔物を討伐するなど、さすがにリスクが高い。

では彼女は一体一人で何をしているのか？

「この辺でいいかな？」

メリダはそう呟《つぶや》くと二つの魔道具を起動。

一つは魔力障壁《まりょくしょうへき》を発生させる魔道具、そしてもう一つは……。

「それ！」

「ブギイイィッッ⁉」

猪の魔物の後ろで、突如爆発音が発生。

その音に驚いた猪は魔力障壁にぶつかるとある方向に向かって走り去った。

「ふう……うまくいったわ」

メリダは、魔力障壁を発生させる魔道具を猪の両側で起動させた後、小さい爆発が起こる魔道具を起動。

音に驚いた猪は、魔力障壁に誘導され、狙った方向に走らされたのだ。

「さて、今日はうまくやるかな？」

メリダは、視線の先にいる人物に期待半分、諦め半分の気持ちを向ける。

そして……。

森中に響く大爆発。

その大音響を聞いたメリダは、額に青筋《あおすじ》を浮かべた。

「あんの……馬鹿亭主《ばかていしゅ》‼」

メリダは、猪が走って行った先にいたマーリンに対して、怒りを露《あらわ》にしていた。

◆

「マーリン！」

辺り一面が吹き飛んだ森の一角。

その中心に立っている自分の夫に向かって、メリダは大声を上げた。

「アンタ、魔物は⁉」

「おお……いや、それは……」

問い詰められたマーリンが目を泳がせた。

その視線をメリダは敏感に察知し、その視線が向いた方向を見た。

そこで目にしたのは……。

「あのさ……私、日ごろから言ってるよね？　魔物は討伐するだけじゃなくて、その素材も売り物になるからなるべく綺麗に討伐しろって……」

「あー……うん」

「なのに！　なによ、この有り様《あさま》はあっ‼」

メリダの視線の先にあったもの。

それは、恐らく爆発系の魔法で討伐されたのであろう、原形を留めていない猪の魔物の死体だった。

「こんなにメチャクチャにしちゃって！　売れるところが一つもないじゃない！」

魔物化してしまうと、その魔力が変質してしまい食肉としては売ることができない。

しかし、その毛皮は元の動物であった時よりも頑丈《がんじょう》になるため、防具だけでなく様々なものに利用することができる。

その素材を丸々駄目にしてしまったのである。

メリダが怒るのも当然であるが、今回はマーリンにも言い分があった。

「しょ、しょうがねえだろ！　緊急事態だったんだよ！」

「緊急事態ってなによ⁉」

「あ、あの！」

「ああん⁉」

「ひっ！」

マーリンとメリダの言い争いに割って入る声があり、メリダは思わずその声の主に向かって睨《にら》みを利かせてしまった。

そのあまりの迫力に、声の主は怯《おび》えた声を出す。

「あら失礼」

先程の睨みを利かせた人物とは思えないくらい、取り繕った顔を見せるメリダ。

その視線の先にいたのは、まだ初等学院生と思われる少年だった。

「なんで子供がこんな森の奥にいるの？」

マーリンとのやり取りで若干興奮しているのと、森の奥に子供がいることを不審に思ったため、メリダの質問は、無意識のうちに詰問《きつもん》している感じになった。

「あ、あの……」

その様子が怖い学校の先生のようで、少年は素直に自分がここにいた理由を話した。

初等学院で誰が一番度胸があるかという言い争いになったこと。

その際の売り言葉に買い言葉で自分なら森にだって行けると言ってしまったこと。

口に出した手前、今さら後戻りできず森に入ったこと。

そして迷い、魔物の出没する奥にまで入り込んでしまったこと。

「でまあ、お前が猪の魔物を追い立てた先にコイツがいてよ。追われる形になってたんで、救助最優先で魔物を吹っ飛ばしたって訳だ」

「ふーん……」

少年の説明でマーリンが緊急事態と言った意味が分かった。

分かったが、それがメリダの怒りに更に火をつけた。

「このお馬鹿!!」

あまりに無謀な少年の行動に、メリダは思わず声を荒らげた。

「そもそも自分の身も守れないのに森に入ってくるんじゃない！　もし何か起きたって

それは全て自己責任なのよ⁉　そんなことも分かんないの⁉」

「ご、ごめんなさい……」

「今回はたまたまマーリンがいたから良かったものの、いなかったらどうなってたか分かってんの⁉」

「お、おい。もう反省してるみたいだし、その辺で……」

「うるさい！　こういう馬鹿なことをするガキには一度ガツンと言ってやらないと駄目なのよ！」

「う、うえええ……」

　メリダに猛烈に怒られたこと、マーリンがいなかったら死んでいたかもしれなかったこと、その全てが押し寄せてきたのだろう。

　ついに少年が泣きだしてしまった。

　マーリンは、これでメリダもおさまるだろうと思ったのだが……。

「泣くんじゃない！　ちゃんと分かってんの⁉」

「はいいっ！　ごめんなさいぃぃっ‼」

　泣いている少年に反省を促すメリダを見て、マーリンは少し先の未来を幻視した。

「ガキができたら……こんな光景が毎日見られそうだ……」

　子供の泣き声とメリダの怒声《どせい》。

　それが毎日響き渡る家になりそうだと、ゲンナリするマーリンであった。

「それで？　なんでそんな意地の張り合いみたいになったのよ？」

少年に一通り説教をし終えたメリダとマーリンは、泣き止んだ少年と共に森の外に出るべく歩いていた。

「僕、騎士になりたいんです。でも、臆病《おくびょう》な僕には騎士は無理だって言われて……」

「それで森に入ることで臆病者じゃないって思われたかった訳か」

「はい……」

消えそうな声で返事をする少年に対し、マーリンはその頭をクシャッと乱暴に撫《な》でた。

「そんな情けない顔すんじゃねえよ。臆病だってのは騎士に向いてるんだぞ？」

「え？」

思いもよらないマーリンの言葉に、少年は顔を上げた。

「魔法使いと違って、騎士は相手に近付くだろ？　そしたら、当然相手から攻撃を受ける場合もある訳だ」

「はい」

「そんな時に、臆病な奴は相手の手の内を探る。どんな攻撃が来るのか注意する。結果生き延びられる可能性が上がるんだ」

「あ……」

「臆病を恥《は》じるんじゃねえ。恥じるのは無謀と勇気を履き違えることだ。今回みたいにな」

「……すいません」

「ま、いい勉強になっただろ？　怖い魔物にも追いかけられたし、もっと怖い女に怒られたりな」

「はい」

「はいってなによ！　はいって⁉」

マーリンの問いに思わず答えてしまった少年にメリダが突っ込む。

「あ！　すみません！」

さっき散々怒られたので、メリダのことを怖がっている少年はすぐに謝った。

「ふ……ははは」

その光景が面白くて、マーリンは声を上げて笑ってしまった。

笑われたことにムッとしたメリダは、マーリンに反撃を試みた。

「ふーん、無謀と勇気は違うねえ……どの口が言ってんのかしら？」

「あ？」

「この人ね、昔戦ったこともないのに、大型の魔物と戦闘したことがあるのよ？」

「ええ⁉　昔っておいくつの時ですか⁉」

「高等学院の一年生だったから、十五の時かしらね」

「十五で大型の魔物……」

「そ、十分無謀でしょ？」

「そう……ですね」

「しょ、しょうがねえだろ！　あの時はそうしないとお前を守れなかったんだからよ！」

「あ……そ、そうね……」

「そ、そうだよ」

反撃を試みたメリダだったが、思わぬ形で返り討ちにあってしまった。

その時のことを思い出したのか、思わず赤くなり黙り込んでしまった二人に少年が無《む》邪気《じゃき》に言った。

「ラブラブなんですね」

その言葉に、さらに赤くなる二人。

どうにもこの雰囲気に耐えきれなくなったマーリンが空気を変えようと少年に聞いていなかったことを聞いた。

「そ、そういえばお前、名前はなんていうんだ？」

「あ、ミッシェルです。ミッシェル＝コーリング」

「そうか。ミッシェル、無謀とか勇気とかは今はどうでもいいから、体は鍛えておけよ？　そうしないと、そもそも騎士になんてなれないからな」

苦し紛れにマーリンがそう言うと、ミッシェルは笑顔で、

「はい！　分かりました！」

そう元気に答えた。

そして、帰ったら早速体を鍛えようと決心したのであった。

◆

「お帰りなさいマーリンさん、メリダさん」

「おう、ただいま。清算してくれや」

「はあ……ただいま、サラ」

「どうしたんですかメリダさん。浮かない顔して」

アールスハイド王都にあるハンター協会。

森で出会った少年、ミッシェルと王都に入ったところで別れたマーリンとメリダは、その足でハンター協会を訪れていた。

このハンター協会は、元々はハンターが採取してきた魔物素材を、業者に安く買い叩かれないために作られた互助組合《ごじょくみあい》である。

ハンター協会に集められた素材は、各種業者に適正価格で卸《おろ》される。

いわば、中間卸売業者なのだ。

メリダは今回、その魔物素材を採取できなかったことを気にしていた。

「今回はちょっとトラブルがあってね。魔物は討伐したんだけど素材を駄目にしちゃったのよ」

「ああ、またですか」

「……」

「な、なんだよ」

サラと呼ばれた受付嬢の言葉にギロッとマーリンを睨むメリダ。

二人の役割としては、メリダが魔物をマーリンの方へ追い立てたり、魔道具を使って防御したりする。

魔物を直接討伐するのは、基本的にマーリンなのだ。

しかしマーリンは力加減が下手なのか、綺麗な素材を採取できることは非常に稀《まれ》。

そのことをサラに指摘されたのだ。

「まあまあ、落ち着いて下さいメリダさん。魔物は討伐しただけでも報奨金は入るんですから」

「そういう問題じゃないのよ……」

元は魔物の素材買取から始まったハンター協会であるが、魔物の素材を採取することは、即ち魔物を討伐するということに他ならない。

魔物の討伐は国の重要な仕事であるが、その仕事の一部をハンターが肩代わりしてくれているということで、受付嬢の言う通り魔物を討伐するだけでも国から報奨金《ほうしようきん》が出るようになった。

魔物を討伐した履歴は市民証に記録されるため、特に素材や討伐証明がなくても報奨金は支払われる。

だが、元来真面目なメリダは、ハンター協会の意義は素材の買取りにあると考えているため、素材を持ってこられなかったことに罪悪感を抱いてしまうのだ。

「相変わらず真面目ですね、メリダさん」

「真面目っていうか……それが普通でしょ？」

そう言って、再度溜《た》め息《いき》を吐《つ》くメリダ。

その姿を見て、マーリンは本当にクソ真面目な奴だなという感想しか持たなかったのだが、受付嬢はあることに気が付いた。

「大丈夫ですか？　メリダさん。なんか体調がすぐれないみたいですけど」

「あ……うん。さっき王都に帰ってきた辺りからかな、ちょっと気分が悪くて……」

「え？　マジか？　大丈夫なのか？」

メリダが体調を崩していることに気づかなかったマーリンが慌ててメリダを気遣う。

そのことがちょっと嬉しかったメリダは、大丈夫と言おうとしたのだが……。

「だいじょ……うっ……」

みるみるうちに顔色が青白くなり、窓口の机に突っ伏した。

「お、おい！」

「だ、大丈夫ですか、メリダさん！」

「うー……あんまり大丈夫じゃないかも……」

普段弱音を吐くことがないメリダが弱音を吐いた。

そのことから、緊急事態だと判断したマーリンがすぐさま行動を起こした。

「メリダを教会の治療院に連れて行くわ。サラ、悪いけど清算しといてくれるか？」

「あ、はい、分かりました。報奨金は口座に振り込んでおきますね」

「頼む。おいメリダ。立てるか？」

「……むりぃ」

「はあ……しょうがねえな」

最早自力で歩くことすらできなくなったメリダを見て、マーリンは決心しメリダを抱え上げた。

「あぅ……恥ずかしい……」

「俺だって恥ずかしいよ！　でもしょうがねえだろ、我慢しろ」

「う……ん」

普段のメリダなら全力で拒否しそうな、お姫様抱っこである。

しかし、本当に体調が悪いらしく、大した抵抗を見せない。

これはいよいよヤバイ状態かもしれないと感じたマーリンは慎重に、でも速足でハンター協会を出て行った。

その姿を見ていたサラは。

「相変わらず仲が良いですね、あの二人」

慌てていたマーリンに比べて落ち着いて見えるサラだが、彼女にはある予感があった。

普段からよくケンカをしているマーリンとメリダだが、その仲の良さは周囲のよく知るところである。

そんな中でのメリダの体調不良だ。

「お祝いを持って行った方がいいかな？」

サラは、王都にある贈答品《ぞうとうひん》を売っているお店を、頭の中でピックアップし始めた。

◆

王都に限らず、街や村には必ずある創神教《そうしんきょう》の教会。

そして、その教会には治療院が併設されている。

創神教の教義は、簡単に言えば善行を積むと死後、神の御許《みもと》に召《め》されるというもの。

怪我《けが》や病気で苦しむ人を救うことも善行の一つであるという考えから、治療院を経営しているのだ。

その治療院に運び込まれたメリダは、診察室のベッドに寝かされている。

マーリンから状況を聞いた男性神子《みこ》は、すぐに何かに思い当たり、治療担当として女性の神子を連れてきた。

「それではメリダさん、私が診察しますので。旦那《だんな》さんは外で待っていてください」

診察に夫である自分が立ち会えないことに不満を覚えるが、自分は治療に関しては全くの素人。

渋々《しぶしぶ》女性神子の言う通りに診察室の外で待っていた。

そしてしばらくすると、診察が終わったとのことで再度部屋の中に通された。

そこにはベッドに体を起こし、少し照れたように赤くなっているメリダがいた。

その様子に違和感を覚えながらも女性神子の言葉を待つ。

そして、マーリンは女性神子から衝撃の告知を受けるのだった。

「おめでたですね」

「……え？」

体調不良で運び込まれたのにおめでたい？

何を言ってるんだコイツは。

最初はそう思ったマーリンだが、そういえばと改めてメリダを見た。

そこには、頬《ほお》を赤らめ、照れたような、でも嬉しそうなメリダがいた。

それを見たマーリンは徐々に事態が呑み込めていった。

途中で女性神子に担当が変わったこと。

メリダの症状。

そしておめでた。

それらが全てマーリンの頭の中で繋がった時、マーリンは吠えた。

「お、お、うおおおお‼」

急に叫んだのでメリダも女性神子もビクッとしてしまい、マーリンの行動を止められなかった。

メリダを抱きかかえたのである。

「すげえ！　マジか！　すげえ！」

「ちょっ！　ちょっとマーリン！」

「なにしてるんですかあっ！　早く下ろしなさい！」

嬉しさのあまりメリダを抱きかかえたマーリンを、女性神子が一喝した。

「妊娠初期の妊婦さんになんてことしてるんですか！　今が一番大事な時なんですからね！」

「わ、悪い……」

「まったく……聞けば今日も狩りに出ていたとか？　奥さん、自覚症状とかなかったんですか？」

「あの……ちょっと疲れてるのかな？　くらいしか……」

マーリンとメリダの様子を見て溜め息を吐く女性神子。

その様子に、ますます縮こまるマーリンとメリダ。

「良いですか？　奥さんは当分の間安静《あんせい》です。流産《りゅうざん》の危険がありますからね。魔物狩りなんてもってのほかです」

「え、でも……」

「いいですね⁉」

「「はい！」」

マーリン一人に狩りを任せることに不安を覚えたメリダが反論しようとするが、女性神子の有無《うむ》を言わさぬ迫力に、二人揃って返事をしてしまった。

その他、諸注意を受け、定期的に診察に来るように言われてその日は帰された。

最初は歩けないほど体調が悪かったメリダだが、理由が分かったからだろうか幾分《いくぶん》か回復し自分で歩けるようになっていた。

治療院からの帰り道、マーリンとメリダは、お互いに照れ臭そうな表情で歩いていた。

やがてマーリンがメリダのお腹を見て、ふと言葉を漏らした。

「そこに……俺達の子供がいんのか……」

その言葉は不思議そうで、メリダはついおかしくなった。

「フフ」

「な、なんだよ」

「ううん。私も不思議だなって思っただけ」

マーリンの気持ちは自分にも分かる。

いつかはそうなればいいなとは思っていたが、あまりにも急に訪れた懐妊《かいにん》。

お腹も目立っていないし、実感などまるでない。

「でも……いるんだね、ここに」

「ああ。そうだな」

いつもは喧嘩《けんか》ばかりしている二人だが、今日の二人は優しい雰囲気に包まれていた。

そんな二人の前を、ある人物が歩いているのが見えた。

「ん、おお！　カイル！　カイルじゃねえか！」

「お疲れ様、カイル君、今仕事終わり？」

「え？　ああマーリン、メリダさん。そう、今帰るところだよ」

「お前、メシは？」

「まだだけど？」

「よっしゃ！　じゃあお祝いに付き合え！」

「お祝い？」

急になんだろうか？　と首を傾げるカイルにマーリンは嬉しそうに言った。

「おう。実はさっき分かったんだけどよ。メリダが妊娠《にんしん》したんだ！」

「……ええ⁉」

「ちょ、ちょっとマーリン！　声が大きい！」

嬉しそうに話すマーリンと、人通りがある往来《おうらい》で友人に告知されたことに恥ずかしそうにしながらも、どこか嬉しそうなメリダ。

まさに絵に描いたような幸せな若夫婦だ。

そんな順調に人生を歩んでいる友人達を見て、一瞬嫉妬心《しっとしん》に苛《さいな》まれる。

しかし、そんな様子を見せる訳にはいかないと、カイルはすぐに取り繕った。

「へ、へえ。凄いじゃないか。でもいいのかい？　僕なんかがお祝いに参加しても」

「はあ？　一緒に祝うならお前以外の誰がいるってんだよ？」

カイルが冗談めかして言った言葉に、マーリンは素で返す。

カイルが自分に嫉妬心を抱いていることなど露《つゆ》ほども感じていないマーリンは、カイルとの友情はずっと続くのだと信じていた。

なので、夫婦の祝い事にカイルが入ってくることに何の違和感も覚えていない。

カイルは、マーリンの言葉に嫉妬心が消えていくのを感じた。

若くして綺麗なお嫁さんを貰い、ハンターとして自由気ままに生活しているマーリン。

その魔法の実力から、ハンター界に現れた将来有望な逸材だと見込まれて、王都では結構名が売れ始めていた。

そんな王都の有名人から信頼を得ていることに気を良くしたカイルは、マーリン達からの祝いの誘いを受けることにした。

「そうか、そうだね。よし、じゃあ今日給料日だったし、僕の奢《おご》りでなんかお祝いしよ

うか？」

「おお⁉　さすがカイル！　じゃあ、最近できた石窯亭《いしがまてい》って店に行ってみようぜ！」

「え？　あそこ、すごい行列になってるって言ってたけど……」

「ああ、メリダさん。行列に並ぶの厳しい？」

「うーん。今はそうでもないけど……」

「俺が店の人間に聞いてきてやるよ。妊婦がいるんだけど、先に店に入れてくれねえかって！」

「ちょっとマーリン！　そんなことしないでいいって！」

マーリンは言うが早いか、メリダの言葉も聞かずに店の方へ走って行ってしまった。

「ああ、もう。恥ずかしいなあ……」

「あはは。相変わらずだね、二人とも」

「そういうカイル君はどうなのよ？　お仕事順調なの？」

卒業してからも成長していないと言外に言われたような気がしたメリダは、カイルに仕事のことを返してみた。

「僕？　僕は順調だよ。とは言っても、まだ入団して一年ちょっとだよ？　そんなにすぐ活躍できる訳ないじゃない」

「それもそっか」

高等魔法学院時代は超優等生でも、まだ社会人としては二年目に入ったばかり。

そんなに急に出世はしないかとカイルの言葉をメリダは信じた。

「おーい！　先に入れてくれるってよ！」

その話題が途切れた時、マーリンが優先的に入店させてもらえると大声で叫んだ。

どうやら、店との交渉に成功したらしい。

「ちょっと！　叫ぶのやめて！」

とはいえ、行列で長時間並んでいる者達の前で叫ぶのは少々デリカシーがない。

余計な反発を買うのを恐れたメリダがそう言いながらマーリンのもとへ向かって行く。

その間に、マーリンは並んでいる者達に、メリダの妊娠のお祝いにきたと言う。

すると、並んでいる人達からは怒りの声ではなく、祝福の言葉が投げかけられた。

思いもよらない祝福と、割り込みをしてしまった申し訳なさから顔を真っ赤にして顔を俯《うつむ》かせるメリダ。その初々《ういうい》しい様子に、さらに祝福の言葉が重ねられる。

そんな二人を見ながら、後から追い付いたカイルは。

「そう……まだ二年目なんだ……まだ、これからなんだ……」

自分を励ますように、そう呟いていた。

◆

「本当かい⁉　メリダさん！」

「はい、お義母《かあ》さん。今三ヶ月に入ったところらしいです」

カイルと石窯亭でメリダの懐妊《かいにん》のお祝いを簡単にだが済ませた二人は、ウォルフォード家に帰ってきた。

そして早速サンドラにメリダ懐妊の報告をしたところ、サンドラは大いに喜び、そして涙を浮かべた。

「ちょ、何泣いてんだよ母ちゃん」

「そりゃあ泣くだろうよ。アンタみたいなロクデナシの子供を産んでくれるっていうんだ。そりゃあもう、ありがたくてありがたくて涙が出ちまうよ」

「相変わらず失礼なババアだな！」

「まあ、冗談はさておいて」

「おい！」

「うるさいね！　静かにしな！」

「こ、このババア……」

「メリダさん、おめでとう。そして、ありがとうね」

「あ、あはは。ありがとうございます」

からかわれ、額に青筋を浮かべているマーリンをよそに、サンドラはメリダに改めてお祝いとお礼を言った。

相変わらずな親子のやり取りを見て苦笑しながらも、サンドラからの祝福を受け取るメリダ。

　この二人は、嫁と姑《しゅうとめ》という関係ながら非情に良好な関係を築いていた。

　それは、先程サンドラは冗談だと言ったのだが、マーリンと結婚してくれたメリダに非情に感謝しているからだろう。

　そんな訳で、ウォルフォード家ではサンドラとメリダの仲が良く、マーリンは疎外されることが多かった。

「初孫かぁ、男の子かね？　女の子かね？」

「お義母さん、さすがに気が早いですよ」

「それもそうだね。でも、メリダさんはどっちがいい？」

「俺は断然男だな！　鍛えて俺みたいな……」

「アンタには聞いてないよ。ね、メリダさん、どっち？」

「そうですね。私は元気に産まれてくれればどちらでも」

「そうだねえ。その通りだねえ」

　うふふと楽しそうな女性陣の輪に入れず、マーリンは今日も一人ボッチだった。

　そんなマーリンを放置して、サンドラから今後についての質問がされた。

「それでメリダさん。これからどうするの？」

　そうサンドラが聞いたのは、メリダの職業が魔物ハンターであり、妊娠したとなると討伐などという激しい運動を伴う仕事はできないからだ。

それに対してメリダは、ある思いを伝えた。

「実は、この機会にやってみたいことがあるんです」

「やってみたいこと？」

「なんだそりゃ？」

サンドラはともかく、マーリンですら初耳な様子で尋ねた。

その反応に、メリダは少し呆《あき》れた様子だ。

「マーリンには一度言ったことがあるでしょ？　私が魔法学院に入った理由」

「ん？　あー……なんだっけ？」

その反応に、一瞬ムッとした様子を見せたメリダだったが、そのことを話したのはもう四年以上前。

マーリンに高等魔法学院への進学理由を聞くきっかけになった雑談の時だけだ。

忘れてしまっても無理はないと思い直し、もう一度話を始めた。

「今世間に出回っている魔道具って戦闘用のものばかりじゃない？」

「そりゃそう……ああ！　思い出した！　あれか、皆の役に立つ魔道具を作りたいってやつ」

「そうよ。だから高等魔法学院でも新しい研究会を立ち上げたのに」

「そうだった、そうだった。で？　やりたいことって、もしかしてソレか？」

「うん。体が動かせないこの時期に、生活用の魔道具を開発しようと思ってるの」

その言葉を聞いたサンドラが非常に大きな反応を見せた。

「へえ！　いいじゃないかい。それで、どんな魔道具を考えてるんだい？」

主婦として家事をずっとこなしてきたサンドラ。

今もメリダは外に仕事に出ているので、ウォルフォード家の家事はサンドラが一手に引き受けている。

そのサンドラにとって、生活に役立つ魔道具というものは非常に興味を引いたのだ。

「そうですね……例えば、私達は魔法使いですから、生活用水は全部自分達の魔法で賄《まかな》ってますけど、魔法が使えない人はそうはいかないですよね？」

「いちいち魔法師団の人に、水瓶《みずがめ》に水を供給してもらわないといけないからねえ」

アールスハイド王都は数十万の人間が生活する大都市である。

その全ての人間の生活用水を賄うのに井戸では足りず、魔法が使える人間がいない各家庭を魔法師団が定期的に回り、水瓶に水を供給しているのだ。

「その点、ウチは恵《めぐ》まれてるわ。メリダさんがお嫁に来てくれてから、水仕事が随分楽になったもの」

「でも、私が仕事で外に出てる時はできないじゃないですか」

「ああ、でもそりゃしょうがないよ。なんでもかんでも任せるのは気が引けるし……」

その言葉に、もう義娘なのだから気兼ねなんてしてほしくないのにと少し寂しい思いをするが、息子の嫁とはいえ元は他人である。

それもしょうがないかと話を続けた。

「でも、私がいなくてもそれができたらどうです？」

「というと？」

「炊事場《すいじば》に、起動すると水が出る魔道具を設置するんです」

その光景を思い描いたサンドラは、激しく同意した。

「いい！　いいよメリダさん！」

「そうすれば、私がいない時でも自由に水が出せますし、各家庭でも水瓶から水を移すっていう重労働から解放されますよね？」

「うんうん！」

「それに、水だけじゃなくてお湯も……」

「お湯も出るのかい⁉」

「そうすれば、他の家でも毎日お風呂に入れますよ」

「家でお風呂に入れるっていうのは魔法使いのいる家の特権だったからねえ。アタシも近所の奥さんたちに随分と羨《うらや》ましがられたもんさ」

「まあ、湯船が置けるかどうかって問題はありますけど、公衆浴場の料金も随分下がるんじゃないですか？」

「そうなるだろうねえ」

「そして、お風呂上がりに髪を乾かせる温風が出る魔道具」

「あれも出すのかい⁉」

いちいち大袈裟《おおげさ》に驚くサンドラに、メリダも気持ちよくなってきてノリノリでアイデアを披露する。

「あの温風は皆に驚かれたからねえ。旦那さんが魔法使いの奥さんがいるんだけど、ウチの旦那はそんなことできない！　って言ってたもの」

「俺もできねえよ。あれ、相当な高等技術だぜ？」

「アンタの場合、熱風になっちゃうからね。こんがり焼き上がっちゃうよ」

「そうそう！　その奥さん、旦那さんに試してもらったら、次の日髪の毛がチリチリになっちゃって……ぷっ、くくく」

その時の光景を思い出したのか、思わず笑ってしまうサンドラ。

「でも、魔道具に私の魔法を付与することができれば、誰でも使えるようになるじゃないですか」

「それはいいよ！　メリダさん、是非やろう！　アタシも応援するよ！」

「はい！　ありがとうございます」

女性陣で盛り上がり、さらに便利な魔道具を作ろうと意気込んでいるところへ、マーリンが口を挟んだ。

「でも結局魔道具だろ？　そんなに儲かんのかよ？」

その言葉を聞いたサンドラが深い溜め息を吐いた。

「アンタ、それ本気で言ってんのかい？」

「な、なんだよ」

「アタシが聞いた限りでも、この魔道具が発売されたら絶対買う。魔法使いの恩恵を受けてるアタシでさえそう思うんだ。これが他の家庭だと……」

「まあ、買う……か？」

「買うさ。そして、この王都だけで何万世帯あると思ってる？　そして、他の街も合わせたら……」

ゴクリとマーリンは喉を鳴らした。

そして、その様子を見たサンドラが、マーリンに追い打ちをかける。

「そうなりゃメリダさんは、あっという間に大金持ちさ。アンタ、捨てられないように気を付けな」

「なっ⁉」

「お、お義母さん。私、そんなことしませんから」

慌ててメリダがサンドラに否定の言葉をかけるが、サンドラはそれを無視してマーリンに語り掛けた。

「いいかいマーリン。メリダさんに捨てられないように、アンタは今まで以上に魔物の討伐を頑張りな。そうしないと、本当に捨てられちまうよ？」

サンドラは、マーリンを追い詰めるようにそう言った。

言われた方のマーリンは、ジッと考え込んだ後、高らかに宣言した。

「上等だ。バンバン魔物討伐してやるよ！　大型でも災害級でも来いってんだ！」

「そうそう、その意気だよ」

「見てろよババア！　俺が捨てられるなんてあり得ねえんだからな！」

「そうかい、頑張りな」

やる気に燃えるマーリンを見ながら、クックと笑うサンドラ。

そして、メリダにそっと呟いた。

「相変わらず単純な子だねえ。こうやって発破《はっぱ》かければすぐやる気になるんだから」

「さ、さすがですお義母さん」

息子を巧《たく》みに操る母親を見て、思わず尊敬してしまうメリダであった。


そして、その日からソロのハンターとなったマーリンは、中型や大型の魔物を大量に狩り、時には軍の災害級討伐にも参加した。

軍の兵士達が尻込みしているところを果敢《かかん》に攻め込んでいくマーリン。

そのお陰で、マーリンが参加した災害級討伐は、今までにないくらい楽に対処ができたと軍で評判になり、さらにその活躍ぶりは『業火《ごうか》の魔術師《まじゅつし》』の二つ名と共に一般市民にも広く知られるようになった。

その一方で……。

「マーリン！　サラから聞いたわよ！　また魔物素材持って帰って来なかったって！」

「さ、災害級の熊だったんだからしょうがねえじゃねえか！」

「災害級の熊！　なんて……なんてもったいない！　それがあればどれだけの利益になったことか！」

「無茶言ってんじゃねえ！」

昔は大型の熊で青い顔をし、マーリンを気遣ってくれたメリダだったが、慣れと月日の流れは無情なのか、今は素材を持って帰ってこなかったマーリンを激しく非難した。

すると。

「うえぇぇえ」

「ああ、よしよし。ほら！　泣いちゃったじゃない！」

「俺のせいかよ⁉」

「元をただせばアンタでしょ！」

「びえぇぇぇぇえ！」

メリダの腕に抱かれているのは、その後も順調に育ち、ついに生まれた待望の子供。

男の子で、名を『スレイン』と名付けられた。

「ほれ！　アンタ達、もうその辺にしな！　晩御飯だよ！」

「あ、すいませんお義母さん。配膳《はいぜん》はやります」

「そうかい？　じゃあスレインは預かろうかね」

「お願いします」

「はいよ。はーい、スレイン、おばあちゃんでちゅよ～」

「きゃっきゃ」

今まで見たことがないほどデレデレの顔で孫をあやすサンドラを見て、マーリンは思わず言葉を漏らした。


「気持ち悪《わり》いからやめろよババア……」

「なんだい。アンタには抱かせてやらないよ？」

「なっ！　スレインは俺の息子だぞ⁉」

「マーリン、お義母さん、準備できましたよ」

「はいよ。スレイーン、ごはんでちゅよ～」

「あ、お義母さん、スレインもらいます」


相変わらず、メリダとサンドラを中心に回っているウォルフォード家。

そして、そこにスレインという赤ん坊が現れた。

マーリンの立場は、ますます低くなっていくのであった。


「くそう……泣かねえぞ……」

第四章

公務員も大変だ

アールスハイド王都の一画。

集合住宅ではなく、庭付きの一戸建てが点在する地区。

貴族ではない平民が所有することができる最上級の高級住宅街。

その住宅街を一人の男が歩いている。

そして、その男が目的の家に着くと、そこには十歳前後と思われる男の子が庭で遊んでいるのが見えた。

男は、その男の子に声をかけようと、門に近付いていく。

すると男の子が門のところに現れた男に気がつき、嬉しそうに声をかけた。

「カイルおじさん！　こんにちは！」

「やあ、こんにちはスレイン。元気にしてたかい？」

「うん！　元気だよ！」

「お父さんとお母さんは？」

「と－ちゃんは……」

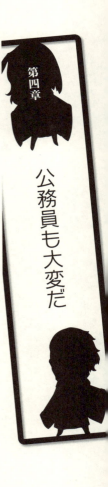

そう言って目を伏せるスレイン。

カイルはその様子から、まさかあのマーリンが魔物討伐にしくじったのかと一瞬緊張したが……。

「かーちゃんに怒られてる……」

「またやらかしたのか……」

別の意味でしくじったのだと分かり、その緊張を解いた。

それにしても、怒られているのはマーリンなのに、なぜスレインがこんなに落ち込んでいるのだろうか？

不思議に思ったカイルは、スレインに尋ねた。

「なんでスレインがそんなに落ち込んでるんだい？」

「だって、かーちゃんに怒られてるとーちゃんが可哀想なんだもん……」

「なら、止めてあげればいいじゃないか」

カイルが何の気なしにそう言うと、スレインは高速で首を横に振った。

「怒ってるかーちゃんに口答えするなんて、そんな怖いことできる訳ないじゃん!!」

その目には涙まで浮かべている。

よっぽどメリダが怖いらしい……。

「なら、僕が行くしかないか。スレイン、案内してくれるかい？」

「うん！　カイルおじさん、お願い！　とーちゃんを助けてあげて！」

その心からのお願いに、内心苦笑しながら家のドアを開ける。

すると……。

「アンタは本当に！　毎回毎回魔物を木端微塵《こっぱみじん》に吹き飛ばして！　ハンター協会は魔物素材のやり取りで利益を上げてる組織だって何べん言ったら分かるのさ！」

「だから、しょうがねえだろう！　相手は虎だったんだぞ！　虎！」

「今のアンタだったら、虎くらい無傷で仕留められるでしょう⁉　魔物化した虎の毛皮なんて滅多《めった》に手に入らないのに！　それ一枚でどれだけ利益が出ると思ってんの⁉」

「無茶苦茶言ってんな⁉　お前！」

「無茶なんか言ってない！」

「あー、お邪魔するよ二人とも」

夫婦喧嘩《ふうふげんか》真っ只中《まただなか》の二人に声をかけるカイル。

その声でようやく来客があったことに気付く二人。

「カイル！　お前からも言ってやってくれよ！　虎の魔物は素材を気にしてたら討伐できる相手なんかじゃないって！」

「カイル君も言ってあげてよ！　ハンター協会の経営基盤が何なのかを！」

双方から要望を聞かされたカイルは、苦笑しながら答える。

「マーリン、それってこないだの災害級出動案件かい？」

「そうだよ。カイルは参加してなかったな」

「僕の部隊は別の任務があったからね。それよりメリダさん。マーリンが参加した虎の魔物の討伐だけど、確かに報告では負傷者は軽傷者が数人だと報告されてるけど」

「ほら！　御覧《ごらん》なさい！」

「でも、それって、マーリンが長距離から強力な魔法を放ったことで魔物に大ダメージを与えることができたお陰なんだよ。その時点で魔物に相当なダメージが入っていたらしいからね」

「そ、そうなの？」

「さすがのマーリンといえども、虎の魔物に遠距離から精密に一撃ってのは無理だと思うよ」

「そ、それもそうね……」

「ほらみろ！」

「マーリンもだよ」

「は？」

マーリンはカイルが自分を援護してくれたのだと思い、メリダに強気に出るが、カイルは今度は矛先《ほこさき》をマーリンに向けた。

「ハンター協会は、国から出る魔物討伐の報奨金《ほうしょうきん》の一部を手数料として徴収してるのは知ってるよね？」

「そんなこと分かってるよ」

「でも、その金額は本当に一部だけ。魔物素材の卸売《おろしう》りの際に発生する金額に比べると随分少ないんだよ」

「そ、そうなのか？」

「魔物の討伐は、あくまで魔物素材を採取する際の副産物。ハンター協会の屋台骨は素材のやり取りなんだよ。だから、素材を持ってこないで討伐だけやってるハンターのことを……協会側はどう思うだろうね？」

「やべえ……俺、ほとんど素材を持ち込んでねえ」

「なんで私の言葉はちゃんと聞かないのに、カイル君の言葉はすんなり受け入れんのよ⁉」

「いきなり頭ごなしに怒るからだろうがよ！」

「なによ！」

「なんだよ！」

せっかく収まりかけたのに、また火がつき始めた二人。

その様子を見て溜《た》め息《いき》を吐《つ》いたカイルは、とある魔法を起動した。

「「わぷっ！」」

二人の頭上に水球を作り出し、それを同時に頭から浴びせたのだ。

「二人とも落ち着きなよ。スレインも見てるんだよ？」

カイルにそう言われてハッと視線を移した先にいたのは、目に涙を浮かべている息子の姿だった。

「まったく……子供に夫婦喧嘩を見せるなんて」

「あ、ゴ、ゴメンねスレイン。お母さん、別にお父さんのこと嫌いで怒ってた訳じゃないのよ？」

「そうだぞ？　昨日の夜ゴフッ！」

「アンタは変なこと言うな！」

カイルに諭《さと》され、スレインの前で盛大な喧嘩をしてしまったことを謝るメリダ。

そして、メリダとは仲が良いことをアピールしようとして、子供には聞かせられないことを口走りそうになり、思いっきり肘鉄《ひじてつ》を食らわされるマーリン。

「今のはマーリンが悪いよ……」

カイルも、これはマーリンが悪いとフォローしなかった。

「本当に？」

「ええ、本当よ。だから、そんな泣きそうな顔しないの」

「……うん！」

そう言って目に溜まっていた涙を拭き嬉しそうな顔をするスレイン。

その容姿は、マーリンの黒髪を引き継ぎ、メリダに似た整った顔立ちをしている。

メリダにとって、自慢の息子である。

その自慢の息子は、嬉しそうな顔をした後、カイルに向かって尊敬の眼差《まなざ》しを向けていた。

「カイルおじさん凄い！　本当にとーちゃんとかーちゃんの喧嘩止めちゃった！」

先程の表情とは違い、キラキラとした尊敬の瞳で見られると、カイルとしてはなんとも言えない気持ちになる。

「お父さんとお母さんの喧嘩は、二人が高等魔法学院生だった頃から散々止めてきたからねえ……今やこれが一番の得意技って言ってもいいかもしれないな」

「かーちゃん……」

「カ、カイル君？　それより今日はどうしたのかしら⁉」

スレインのジト目から逃れるように、露骨に話題を切り替えたメリダ。

その様子をおかしく思いながらも、カイルは今日ウォルフォード家を訪ねた理由を説明した。

「実は……今度結婚することになってね」

その言葉に、肘鉄を喰らって悶絶《もんぜつ》していたマーリンが反応した。

「マジかよカイル！　相手は誰だ⁉」

「ちょっと失礼よマーリン。それで、いつ頃式を挙げるの？」

「うわあ！　おめでとうカイルおじさん！」

口々に質問やら祝福やらをされたカイルだったが、今回ばかりは素直に嬉しそうな感情で話し始めた。

「相手は、先輩から紹介された女性でね。とある商会の経理をやってる子なんだよ。それで、先日プロポーズをして受けてもらえたばかりだから、式はまだちょっと先になるかな。でももう、同棲《どうせい》はしてるんだよ」

本当に嬉しそうにそう話すカイルに、マーリンとメリダは少しホッとしたような表情になった。

「そっかあ、カイルもやっと結婚するか」

「マーリンと心配してたのよ？　仕事に根を詰めすぎて結婚する気がないんじゃないかって」

普段は本音を話すことがほとんどないカイルだが、マーリンたちと酒を呑《の》んだ時だけ少し本音を溢《こぼ》したことがある。

今所属している部署で担当している仕事が、中々評価が上がりにくいものであること。一所懸命仕事をしているのに、中々昇進できないこと。

硬派な騎士団に比べて、チャラい男が多い魔法師団が少し肌に合わないことなど、酒が入った時、それも記憶がなくなるほど呑んだ時だけ本音を溢すのだ。

カイルが所属している魔法師団は、なぜか昔から男がチャラくなる傾向がある。

昔からの風潮なのか、真面目だった学生が魔法師団に入った後、なぜか軟派な男になったという話はよく耳にする。

カイルは、元々真面目な性格の人間である。

だが、周りがチャラい格好をしている中で自分だけ真面目な格好をしていると浮いてしまうし、疎外《そがい》されてしまう可能性がある。

昔から自分の意見を抑えてしまう傾向にあるカイルは、今回も自分の意思を抑え少しでも周りに合わせようと、髪を伸ばしだした。

今や背中にまで届きそうなその髪は、カイルの無理の現れなのである。

実力はあるのに、仕事が中々認められないカイルは、マーリンやメリダの目にも日に日に疲弊《ひへい》しているのが見てとれていた。

そんなカイルからもたらされた吉報である。

ホッとするのも無理はない。

そんなことを二人が思っているとは露知《つゆし》らず、カイルは話を続ける。

「とりあえず、マーリンとメリダさんには最初に報告しようと思ってね」

「そっかあ、ありがとねカイル君」

「それに、マーリンはともかく、メリダさんにはある程度話を通しておかないと、急に結婚式の話をしても予定が合わないかもしれないだろ？」

「それもそうね」

「おい、俺はともかくってどういう意味だよ⁉」

「だって、マーリンはハンターだろ？　時間の都合はいくらでもつくじゃないか。でもメリダさんは、今や王都……いやアールスハイド全体でも一番人気の魔道具師なんだよ？　スケジュールは早めに押さえておかないといけないじゃないか」

メリダがスレインを身籠った時、この機会にやってみたいことがあると言っていた、皆の役に立つ魔道具作り。

サンドラの意見を聞きながら色々と開発した結果、メリダの作った生活用魔道具は飛ぶように売れていった。

それは王都だけでなく、アールスハイド全土に普及し、それを作ったメリダには途方もない額の金が入ってきた。

メリダはその金の管理と運用をかつて魔物に襲われている所を助けたトム＝ハーグという名の商人に一任し、魔道具の販売も任せたのだが、付与そのものはメリダが行わないといけないものも多い。

結果、メリダは魔道具が売れれば売れるほど忙しくなり、彼女に用事がある時は事前にアポを取っておかないといけないのだ。

「そんなの、カイル君からの頼みだったらいくらでも都合つけるわよ。でも、最初に報告してくれたのが私達だっていうのは嬉しいわ」

「俺達は学生時代からの親友だもんな！」

「はは、そうだね」

マーリンとメリダは学生時代からの友情を信じているが、カイルの心中は、実はそんなに綺麗なものではない。

メリダは先程説明した通り、今やアールスハイド中の人間が知っている、人々の暮らしを変えたと言われる有名人。

そしてマーリンも、いつかは単独で災害級の魔物が狩れるようになるのではないかと噂されており、今やアールスハイド最強の男と呼ばれていた。

もっとも、その戦いぶりはメリダに叱られていたとおり、素材があまり残ることがないので『業火《ごうか》の魔術師《まじゅつし》』以外にも『破壊神《はかいしん》』の二つ名で呼ばれることも多かった。

つまりマーリンとメリダは、アールスハイドでは知らない者がいないほど有名な夫婦であり、その二人を結婚式に招待することは、魔法師団の中でのアピールになると思ったのだ。

カイルが二人を招待した本当の理由はそのようなものだが、ようやく結婚することができて嬉しいと思う気持ちと、祝福されて嬉しいと思う気持ちは本物であり、その場には和《なご》やかな空気が流れていた。

「おや？　あれまあ、カイル君かい？」

「あ、ご無沙汰《ぶさた》してますサンドラさん」

さっきまで騒々しかったのが、大人しくなって様子を見にきたのか、家の奥からサンドラが出てきた。

そして現れた祖母にスレインが嬉しそうに報告する。

「おばあちゃん！　カイルおじさん結婚するんだって！」

「あれまあ、そうかいそうかい。おめでとうカイル君」

「ありがとうございます」

「それじゃあ、今日はカイル君の結婚をお祝いしようか？」

「いいな！」

「賛成ですお義母《かあ》さん」

「わーい！　お祝い！　お祝い！」

無邪気に喜ぶウォルフォード家の面々に、カイルは申し訳なさそうに言った。

「あ、サンドラさんごめんなさい。僕、この後用事があって……」

「おや、そうかい。それは残念だねえ」

「え～？　お祝いしないの？」

サンドラは本当に残念そうにそう言い、スレインは別の意味でガッカリしていた。

「スレイン……アンタ、お祝いだったら御馳走《ごちそう》が出ると思ってた？」

「え？　違うの？」

「お馬鹿！　そういう意地汚い考えをするなって言ってんの！」

「ええ～？」

「え～じゃない！」

メリダがスレインに対する教育を施《ほどこ》している間に、マーリンがカイルに話しかけた。

「まあ、今でなくてもいいか。ちゃんと祝わせろよ？」

「はは、楽しみにしてるよ。じゃあ、ちょっと急ぐから」

そう言って足早にウォルフォード家を後にしようとするカイル。

するとそこに。

「ああ、またな」

「バイバイ、カイルおじさん！」

「またねカイル君！」

「またおいで、カイル君」

ウォルフォード家の四人から次々と声をかけられた。

その光景は、今までのカイルには眩《まぶ》し過《す》ぎ、羨《うらや》まし過ぎる光景。

中等学院時代から付き合いのあるマーリンは、高等魔法学院を卒業して早々に結婚し、その嫁は姑《しゅうとめ》であるサンドラと仲が良く、子宝にも恵まれた。

そしてマーリンは、今やアールスハイド最強の男と呼ばれるようになり、その嫁のメリダはアールスハイドの歴史を変えたと言われるほどの有名人。

地位も名誉も、家族もお金も、全てを手に入れた友人。

高等魔法学院時代は対等だったはずだ。

それが今や自分とマーリンとの間には天と地ほどの差ができてしまっている。

この不条理はなんなのか。

何がそんなに自分とマーリンの人生に大きな差を生んでしまったのか。

今までは、マーリンを嫉妬《しっと》し羨むしかなかったが、このたびようやく自分も結婚できることになった。

ここからだ。

ここから自分の人生は変わっていくんだ。

そういう思いがあったからこそ、カイルは家族総出で見送ってくれるウォルフォード家という光景を、初めて素直に受け入れることができた。

いつも羨んでいた光景。

その光景の中心に、ようやく自分を据えることができる。

この時カイルは、そう信じて疑っていなかった。

◆

アールスハイド王城の敷地内にある魔法師団の施設。

そこにカイルは報告の為に出勤してきていた。

そして、カイルの所属している部隊に割り振られている部屋へと入る。

「あ、カイル先輩。チーッス」

一番手前にいた若い団員が軽い感じで挨拶してくる。

「ああ、おはよう」

それに返したカイルだったのだが、若い団員はつまらないものを見るような目でカイルを見てきた。

「相変わらず堅いッスねえ」

「そうか？」

カイルからすれば、若い団員の方が軽すぎると思うのだが、ここでそれを言ってしまえば空気が白《しら》けてしまう。

そのことを今までの経験で学んだカイルは、一言言ってやりたいところをグッと我慢した。

「お、マクリーン。報告か？」

「あ、ウィル先輩。そうです、隊長はいますか？」

「おう、奥にいるぜ」

次に声をかけてきたのは、魔法師団の制服を着崩し、黒く日焼けしたいかにも遊び人風な男。

カイルの先輩である。

「あ、そうだ。ウィル先輩に報告があるんです」

「ん？　なんだ？」

「実は、ウィル先輩に紹介してもらったあの子と……結婚することになりました」

その言葉を聞いた先輩は、驚き、そして喜んだ。

「おお！　そうかそうか！　ようやく決心したか！」

「はい、その節は色々とありがとうございました」

「なーに、良いってことよ」

「え？　カイル先輩結婚するんスか？」

「ああ」

若い団員も驚いた様子で話しかけてきた。

「それって例の彼女ッスよね？　ウィル先輩の……むがっ」

「マクリーン！　その報告も大事だけど、任務の報告も大事だろ？　早く行ってこいよ」

「そうですね、それでは報告に行ってきます」

後輩が何を言おうとしたのか気になったが、私事の報告より公務の報告の方が大事だ。

カイルは先輩の言葉に従い、隊長のいる奥の部屋へ入っていった。

そして、カイルがいなくなった後、先輩と若い団員がヒソヒソと話を始めた。

「お前！　何言おうとしてんだよ！」

「あー、スンマセン。ちょっとビックリしちゃって、思わずホントのこと言いそうになっちゃいました」

「ったく……気を付けろよ。せっかくうまくいってんのに」

「サーセンッシタ」

「ホントに反省してんのかね？」

「してますしてます」

ウィルと後輩のやり取りは、カイルには聞こえていない。

◆

「失礼します。カイル＝マクリーンです」

「おう、開いてるぜ」

隊長室の中から聞こえた声に従い、部屋に入るカイル。

「失礼します。今回の担当地区の魔物討伐の報告書です」

「お、お疲れさん。どれどれ……」

カイルの出した報告書を読み始めた隊長は、やがて嬉しそうに顔を綻《ほころ》ばせてカイルを称賛《しょうさん》した。

「さっすがカイル君。相変わらず見事な成果だねえ」

嬉しそうにそう言う隊長だったが、カイルには今回の任務について一つ懸念があった。

今がいい機会だと思ったカイルは、隊長にその話を切り出した。

「すいません。今回の任務について気になることがあるんですが……」

「あん？　なんだよ」

「今回、我々が担当するのは、森の入り口付近ですよね？」

「それがどうした？」

「その割には……魔物の数が多いと思いませんか？」

「はあ？」

カイルの発言を聞き、再度報告書に目を通す隊長。

そこに記載されている魔物の数は、確かに森の入り口付近に現れる魔物の数としては異例なくらい多い。

「で？　それがどうしたってんだよ？」

「入り口付近でそれだけ魔物が出るということは……森の奥でなにか異変が起きているのではないでしょうか？」

その言葉を聞いた隊長は、露骨に顔を顰《しか》めた。

「するってえとなにか？　森の奥を調査しろとか、そんなことを言い出すわけか？」

「そうすべきだと思います」

カイルとしては全く悪気などない。

むしろ脅威《きょうい》を事前に防ぐことができるかもしれないと、そんな風にも思っていた。

だが、隊長は別の捉え方をした。

「なんでそんな面倒臭《めんどくさ》いことをしなくちゃなんねえんだよ？」

「え？」

カイルは耳を疑った。

能性が高い。

森の入り口付近に多くの魔物がいたということは、森の奥ではもっと発生している可
その脅威の芽を事前に摘むことは、魔法師団として当然の責務《せきむ》だと考えていたからだ。

まさか、面倒臭いと言われるとは思ってもみなかった。

「なんでって……入り口付近でこれだけの魔物がいるということは、森の奥では……！」

「ああ、うるせえ！　俺達に与えられた任務は森の入り口付近の魔物の間引《まび》きだ！　それ以上のことは命令されてねえんだよ！」

「し、しかし！」

「大体！　この報告書の魔物の数も、本当なのか？」

「え？」

「大方、自分の討伐した魔物の数を多く見せて、自分にはこれだけの力がありますよって見せるために数を盛ってんじゃねえのか⁉」

「そ、そんなことはしません！」

自分の仕事に不正を疑われ、思わず声を荒らげるカイル。

しかし隊長は疑惑の目を向けることをやめない。

「本当かなあ？　カイル君、お前、割と出世欲の強い方だったよなあ？」

「べ、別にそんなことは……」

「前から言ってるだろ？　一人の成績は皆の成績。皆の成績は部隊の成績。一人だけ頑

張ったって出世はできないんだぜ？」

「それは……よく聞かされていますから……」

「だからさ、こんな報告上げたって個人の評価には繋がらんのよ。分かる？」

「……」

「はあ……お前、もう一回現場行ってこい」

「え？」

「そんなに入り口周辺が気になるんなら、もう一回現場に行って魔物討伐して来いって言ってんだよ」

「し、しかし。自分は今帰って来たばかりで……」

「あ？　隊長である俺の言葉が聞けないって？」

「……分かりました。もう一度行ってきます」

「そうそう。それでいいんだよ。あ！　言っとくけど、森の奥には入るなよ？　俺達に与えられた命令は『森の入り口付近の魔物の討伐』だからな。奥に行ったら現場《げんば》放棄《ほうき》とみなされて処罰されるから」

「……了解しました」

「オッケー。じゃあ、行っといで」

「……失礼します」

全く納得はいかないが、上司の命令である。

奥歯を噛みしめながらも、隊長室を後にするカイル。

そして、カイルが出ていった後、隊長は報告書を机の上に投げ捨てると、ニヤッとにやけた。

「便利な便利なカイル君。わざわざお前を手放すなんて真似はしないぜえ？　一人の成績は皆の成績……ククク、まさか本当にそんなの信じちゃってるとはねえ」

そう言うと、自分の報告書を書き始めた。

「お前の実績は俺のもの。俺の実績は俺のもの……ってか？」

今まで、散々カイルの実績を自分の実績として報告してきた隊長。

今回の追加討伐の実績も、全て自分の実績にするつもり満々である。

◆

「あん？　どうしたマクリーン、浮かない顔してよ」

「あ、いや、もう一度現場に行ってこいと言われてしまって……」

それを聞いたウィルは、大袈裟《おおげさ》に驚いた。

「マジか⁉　隊長もえげつない命令するもんだぜ」

「今日、彼女と約束があったんですが……」

そのウィルから紹介してもらった彼女との約束を反故《ほご》にしてしまう。

　そのことが申し訳なくて、ウィルにはなんと言っていいか分からなかった。

　だが、意外にもウィルはそのことに理解を示した。

「仕事ならしょうがねえよ。そうだな、なんなら俺が行ってアイツに説明してやろうか？」

「いいんですか？」

「いいも何も、アイツは俺がお前に紹介したんだぜ？　俺が行くのが筋ってもんだろ？」

　その言葉に感謝したカイルは、彼女への説明をウィルに任せることにした。

「すいませんウィル先輩。お願いできますか？」

「おう、任された」

　そういうウィルが頼もしく見えたカイルは、これで憂いなく仕事に行けるとホッとした。

「それでは、行ってきます」

「頑張ってな！」

「カイル先輩、お疲れッス」

　そうしてカイルは、二人に見送られて、再度現場のある村に向かった。

　そしてカイルがいなくなった部屋では。

「それにしてもカイル先輩、ウィル先輩のこと完全にいい人だと思ってますね」

「いい人だろ？」

「極悪人ッスよ」

部屋に下品《げひん》な笑い声が響いた。

すると隊長室のドアが開き、中から隊長が姿を見せた。

「お前ら、何笑ってんだ？」

「あ、隊長、お疲れッス」

「隊長、またカイルに非道《ひど》い命令出しましたね」

「あ？　何言ってんだ。アイツの実力を有効活用してやってんじゃねえか」

そう言うと隊長はニヤッと笑った。

「アイツの実力は相当なもんだ。それこそ、今やアールスハイド最強とまで言われているマーリン＝ウォルフォードと同じくらいにな」

「確かにそうッスね。カイルの魔法の実力は相当なもんだ」

「そ、そんなにッスか？」

カイルの実力を正確に把握《はあく》している隊長とウィルとは違い、後輩はまだ入団して日が浅いのでカイルの実力を知らない。

「そんな実力がある奴がだよ、現場から退いて幹部になってしまうとか、現場としては大損失じゃあないか。そのために、俺は涙を呑んでカイルを昇進させないのだ」

「うわ。嘘くせえ」

「ぎゃははは」

精一杯芝居《しばい》じみて言った台詞はウィルと後輩にウケた。

そして、机の上に行儀悪く座った隊長は、二人に向かって言った。

「ま、どんだけ実力があろうと、ここは魔法師団。国の組織だ。そして俺はアイツの上長。あの真面目なカイル君は、上長に逆らうなんてことはしないんだよ」

「そうそう。先輩にもな」

「はあ、なるほど。それでカイル先輩は俺らの代わりにせっせと働いてる訳ッスね」

「非道い隊長さんだよな」

「何言ってんだ。お前らだってその恩恵《おんけい》受けてんだろうがよ」

「そッスね。いやあ、今回のボーナスはマジ、美味《おい》しかったですよ」

「あざーッスって感じですよね」

カイルを利用し、部隊の実績を上げ、その恩恵を受けている団員達。

実際にカイルの実績を隊長である自分の実績として報告し、その結果今期の部隊は高い評価を得ており、それがボーナスに反映されていた。

この三人は、特にその実績になんらの寄与はしていない。

カイルの恩恵を受けて高い評価を得ている同じ部隊の人間は、カイルのことを便利な小間使《こまづか》いとしか考えていなかった。

「それより、さっき何笑ってたんだよ？」

隊長が部屋から出てくる前に、ウィルと後輩が話していた内容が気になり、再び尋ねた。

「ああ、実は……」

そして再び、部屋の中に下品な笑い声が響いた。

◆

カイルは隊長の命令に従い、王都を出て再び現場である村の近くにある森に来ていた。

そこで索敵魔法《さくてきまほう》を使いながら、カイルは現状に大きな不満を感じていた。

自分は、隊長の命令でいくつもの魔物討伐の任務を遂行《すいこう》している。

しかしその割には、一向に昇進しないし、給料も上がらない。

おかしいと思いつつも、半期に一度の賞与は他の部隊以上の金額が出るので、全く評価されていない訳ではないのだろう。

それなりに評価はされているはずなのに昇進しない。

ひょっとして、昇進するために必要な仕事などがあるのだろうか？

そんなことを考えたあと、カイルは自分とマーリンとの格差について考え始めた。

高等魔法学院時代、魔法の実力はマーリンと互角か少し劣るくらいだった。

それが、卒業してからはどうだ。

マーリンは魔物ハンターとして着実に実績を積み上げ、今やアールスハイド最強の男とまで言われている。

それに比べて自分はどうだ？

魔法師団で人間関係に苦労しつつあくせく働いても一向に昇進しない平の団員。

魔物を倒した分だけ報奨金が入ってくるハンターとは違い、魔法師団員は給料制。

昇進しない限り給料も上がらない。

それに加えてマーリンの妻はメリダだ。

今やアールスハイド中に広まった生活用魔道具の開発者。

作れば作った分だけ売れ、その資産は最早そこらの貴族をゆうに超えるほどになっているという。

なぜマーリンだけが美味しい目を見て、自分は誰にも知られず埋《う》もれているのか。

そんな考えをしている最中にも、魔物は遠慮なしに襲いかかってくる。

しかし、世間に名が知られていないとはいえマーリンと同等の実力の持ち主と言われている男である。

散発的に襲ってくる魔物など歯牙《しが》にもかけず討伐してしまう。

そして、魔物を討伐するたびにまた思うのだ。

自分はこんなに頑張っているのに、なぜ報われないいんだ。

なぜ？　なぜ？　なぜ？

そんな考えに没頭しながら魔物を討伐していたからか、自分の周りの状況に気が付くのが遅れた。

ハッと我に返った時、辺りは自分が討伐した魔物の死骸《しがい》で溢れかえっていたのである。

その光景を見たカイルは、これは明らかに異常事態だと確信した。

隊長になんと言われようと、森の奥への調査を進言すべきだと、そう決心し再びアールスハイドに向けて走りだした。

この時、カイルがもう少しこの場に留まっていれば、歴史は変わっていたのかもしれない。

◆

馬を飛ばし、急いで王都に戻ってきたカイルは、一目散《いちもくさん》に隊長の部屋へ向かった。

「失礼します！」

「おわっ！　ビックリするじゃねえか！」

急に開けられたドアに驚いて文句を言う隊長。

しかし現れたカイルを見て、その目を細めた。

「あん？　カイルじゃねえか。俺の命令はどうした？　まさか命令無視するつもりか？」

「現場には行ってきました！　そして、明らかに異常事態だったので戻ってきたのです！」

「異常事態だあ？」

「これを見て下さい！」

カイルがそう言って差し出したのは市民証。

そこには、討伐した魔物の数が正確に記載されている。

一体どういう原理になっているのか理解している者はいないが、その討伐履歴が正確で改竄《かいざん》することは不可能であることは、子供でも知っている。

その討伐記録を見て、隊長は目を剝《む》いた。

「これはっ……」

「それは、森の入り口付近で昨日数時間だけ討伐した履歴です！」

「う、嘘つきやがれ！　テメエ、命令無視して森の奥へ行きやがったな⁉」

「奥まで行っていたら、こんなに早く帰ってこられないでしょう⁉　それよりも、早く軍隊の出動要請を！　このままでは……」

大変なことになる。

そう言おうとした矢先、後輩が隊長室に走り込んできた。

「た、たたた隊長！」

「なんだよ！　次から次へと！」

「今……今軍務局の人が来て……」

後輩はそう言うと、軍務局の人間が持ってきた書類を隊長に見せた。

「本局の人間が？」

その書類を見た隊長は目を見開き、そして青ざめていった。

その書類には……。

「やべえ……あの森で魔物の大発生が起きやがった……」

ついさっきまでカイルがいた森で、魔物の大量発生が起きたという報告と、隊長への出頭命令書であった。

「やべえ！　やべえぞ！　あの森は俺らの管轄《かんかつ》だ！　絶対に責任を追及される！」

「だから言ったじゃないですか！　あの森は変だって！」

「うるっせえ！　大体お前が……」

そこまで言いかけて、隊長の脳裏にあるアイデアが浮かんだ。

これなら、自分の責任は回避できるかもしれない。

多少の責任は負わされるかもしれないが、この事態の責任を丸ごと負うより、罰則《ばっそく》は相当軽くなるはずだ。

そう考えた隊長は、言い争いを止めた。

「とにかく、俺は本局に行ってくる。多分出撃命令が出るはずだから、お前らは準備しとけ」

「え……隊長、大丈夫なんですか？」

後輩は、隊長の職務怠慢《しょくむたいまん》でこの事態が起こったことを正確に把握している。

その為、このまま軍務局に行ったら、確実に責任を取らされるのは分かっている。

隊長がいなくなってしまえば……カイルを利用して恩恵を受けることができなくなってしまう。

この時の後輩の心配はそれしかなかった。

「大丈夫だって、心配すんな。それより、ウィルの奴、こんな時に非番とはツイてやがるぜ」

そんな文句を言いながら、部屋を出ていく隊長。

その後ろ姿を見て、後輩は心配そうに呟《つぶや》いた。

「隊長……大丈夫ですかね？」

部屋に二人しかいないため、その後輩の呟きにはカイルが答えた。

「さあな。この状況はちょっと厳しいかもしれないな」

そんなことを言った後、さっさと戦闘の準備を始めたカイルのことを、後輩は忌々《いまいま》しそうに睨《にら》んでいた。

◆

隊長が軍務局に着いた時、その中は大騒ぎだった。

魔物の大発生は滅多に起きない。

それは、軍が定期的に魔物を間引きして大発生を起こさせないように努力してきたからだ。

しかし、今回それが起こった。

それは即ち、その大発生が起きた地域を担当していた部隊が職務を怠《おこた》ったということに他ならない。

軍務局の人間は、その責任を取らせるべく、その地域の担当部隊の隊長を呼び付けた。

普通ならこの状況は、良くて懲戒免職《ちょうかいめんしょく》、悪ければ逮捕もあり得る事態だ。

呼ばれた側は、責任を感じてガタガタと震えていてもおかしくない。

しかし呼ばれた隊長は、そんな様子を見せなかった。

軍務局の査察官《ささつかん》は、出頭してきた隊長に対して厳しい言葉をかける。

「何か申し開きはあるか？」

その査察官の言葉に、隊長は神妙《しんみょう》な面持《おもも》ちで話し始めた。

「……私の監督不行《かんとくふゆ》き届《とど》きでございます」

その言葉に、査察官は眉をピクリと動かした。

「今回の任務は『森の入り口付近の調査・討伐』でした。しかし私は、もし何か異常を感じたら、森の奥まで行って調査してこいと言っていたのです」

「……ほう？」

「しかし、その場を担当していた者は異変に気付きながらも奥への調査を行わず、今回の事態を招いてしまったのです」

「……」

「その担当者は魔物が溢れた途端に逃げ帰って来ました。帰ってきてすぐに大発生の連絡が入ったのがその証拠です」

あの時、隊長の頭に閃《ひらめ》いたアイデア。

それはカイルが帰ってきたと同時にもたらされた暴走の報せにあった。

あのタイミングなら、カイルが現場を放棄して逃げ帰ってきたと報告しても誰も疑わないはず。

そうすれば自分は監督不行き届きを咎《とが》められるだろうが、大発生を引き起こした責任は回避できる。

そう考えたのだ。

「全て、私の監督不行き届きが原因です。処罰は如何様《いかよう》にでも……」

そして、隊長に追い風が吹く。

「なるほど、報告の通りだな」

「報告？」

「ああ、村の人間の証言でな。魔法師団の人間が、猛烈な勢いで馬を走らせていった後に、魔物の大発生が起きたと報告が入っている。大方、その担当者が魔物の大発生に怖《お》じ気《け》づき、逃げ出したのだろう」

「そ、そんな証言が……」

隊長は内心では大爆笑したい気分だった。

（ナイスだ村人！　なんて素敵な証言なんだ）

「これでハッキリしたな。今回の大発生はその担当者の職務怠慢。それが原因で起こったことだ」

「本当に申し訳ございません」

「お前も処罰しない訳にはいかん。監督不行き届きで減俸《げんぽう》三ヶ月だ。分かったな」

「はっ！　申し訳ございませんでした！」

「うむ。それではその担当者を呼べ。その者には厳罰を下さねばならぬ」

「はは！」

こうして職務怠慢で魔物の大発生という大惨事を引き起こしておきながら、隊長は減俸三ヶ月という軽微な処罰で済んだ。

その結果に踊り出したい気分になりながらも、出撃準備で慌ただしい軍務局内でそんなことをするわけにもいかず、ニヤケそうな口元を必死に取り繕《とつくろ》っていた。

◆

「あ、隊長！　どうでした⁉」

「ああ……大変な罰を受けちまったぜ……」

部屋に入ってくるなり、絶望の表情を見せて後輩に答える隊長。

その姿を見た後輩は、ああ、これで美味しい生活も終わりかと、内心で嘆《なげ》いた。

「そ、そうなんスか……」

「カイル。お前からも事情が聞きたいそうだ。お前も出頭しろとさ」

「自分もですか？」

確かに、命令を出していたのは隊長で、自分の進言にも耳を貸さず、森の奥の調査を拒んでいたのも隊長だ。

だが、実際にあの森を担当していたのは自分なので、どういった状況なのか聴取《ちょうしゅ》したいのだろう。

そう思ったカイルは、出頭命令をなんの疑いもなく受け入れた。

「分かりました。では行ってきます」

「おう」

そうして、カイルは軍務局に出向いていった。

カイルを見送った隊長は、すぐさまニヤニヤとした表情を浮かべた。

その表情が気になった後輩は、改めて隊長に尋ねた。

「どうしたんスか？　厳罰喰らったんっスよね？」

心配そうな後輩の表情が面白かったのか、隊長は笑いながら言った。

「おうよ。厳罰も厳罰。減俸三ヶ月だってよ。あー三ヶ月もおねえちゃんと遊べねえのかあっ」

「はあ⁉」

よくて懲戒免職、悪ければ逮捕されるかもと思っていた後輩は驚きの声を上げた。

「へ⁉　な、なにがどうなって、そうなったんスか⁉」

「聞くか？　傑作《けっさく》だぜ？」

そう言って隊長が、ことの経緯《けいい》を話し始めた。

そして、部屋からは、また下品な笑い声が聞こえてきた。

◆

魔物討伐の準備で慌ただしい軍務局に到着したカイルは、査察官の待つ部屋へとたどり着いた。

そして、ドアをノックし名を名乗る。

「カイル＝マクリーン、出頭しました」

「入れ」

入りなさいや、入りたまえといった言葉ではなく、入れという命令形。

その言葉の強さに違和感を覚えながらも、カイルは査察官のいる部屋に入る。

「失礼します」

そうして入った先には、怒りの表情を浮かべている査察官がいた。

「よくも平然とした顔で入ってきおったな。この臆病者《おくびょうもの》めが！」

部屋に入るなり浴びせられる罵倒《ばとう》。

まさかそんなことを言われるとは思いもしなかったカイルは、思わず査察官に言葉を返してしまった。

「お、臆病者とはどういう意味ですか？」

そしてそれが、査察官の逆鱗《げきりん》に触れた。

「そのままの意味だ！　貴様、部隊長の命令を聞かず、異変に気付きながらもその調査を怠ったな！」

その言葉に、カイルは耳を疑った。

自分が職務怠慢？

まるで話が逆ではないか？

怠慢だったのは隊長の方で、自分はむしろ働きすぎなくらい働いていた。

査察官が言っていることは全くの事実無根なのだが、急にそんな嫌疑をかけられて頭が混乱し、上手く説明の言葉が出てこなかった。

「そ、そんなことは！　違う！　僕は隊長に調査の進言を！」

「なら、貴様が馬で逃げ去った後に魔物の大発生が起きたことはどう説明するつもりだ⁉」

「そ、それは……」

その言葉に、カイルは頭を抱えたくなった。

なんでこうタイミングが悪いのか。

もう少しあの場に留まっていれば、魔物の暴走には自分が遭遇《そうぐう》していた。

そして、それを自分が収めることができれば、目に見えて評価されたはずだ。

まさか、調査の進言を急いだことが仇《あだ》になるとは思いもしなかった。

「どうした？　何も言えんだろう？　事実だからな。現に多くの村人が、魔物の大発生から逃げるお前を目撃しているのだ！」

「ち、違う！　僕は逃げたんじゃない！」

「いい加減にしろ‼」

言い訳をするカイルに対し、苛立《いらだ》ちが最高潮に達したのか、査察官が机を破壊する勢いで強く叩いた。

その行動に、カイルは身を竦めた。

「グチグチ、グチグチと言い訳をしおって！　貴様が逃げたのではないとしても、貴様が担当していた地域で暴走が起こったのは事実だろうが！」

それは確かにその通りである。

しかしカイルは、それを起こさないように何度も隊長に進言していた。

だが隊長はその調査を面倒臭がり、森の奥地への調査を命令により禁じていたのだ。

自分は悪くない。

そう信じているカイルだが、それを証明するものがない。

むしろ村人の目撃証言が自分が悪だと決定付ける証拠になってしまっている。

なぜだ？

なぜこんなことになった？

自分は真面目に頑張ってきたはずだ。

魔物の暴走は市民の脅威。

それを起こさないために尽力《じんりょく》してきたはずだ。

なのに、なぜこんなことになったのか？

怒りと悔しさで言葉が出なくなったカイルを見て、査察官は深い溜め息を吐いた。

「まったく、潔《いさぎよ》く自分の監督不行き届きを認めた部隊長を見習うがいい」

その言葉にピクリと反応したカイル。

「……監督……不行き届き？」

「そうだ。お前が職務を疎《おろそ》かにしていたことを見抜けなかったと、神妙な面持ちで告白してきたわ。そんな立派な上司がいるというのに、お前は……」

その瞬間、カイルの頭は真っ白になった。

職務怠慢？

誰が？

まさか、僕？

こんなに一生懸命仕事をしてきたのに？

むしろその言葉を使われるなら、隊長こそが相応《ふさわ》しいではないか。

それなのに、なぜ自分が？

査察官の言葉に、カイルは完全に混乱した。

混乱し、言葉が出てこず、呆然と固まってしまったカイルを見て、査察官はようやく論破できたと息を吐いた。

「まったく、自分のしでかしたことの重大さを認識せず、あまつさえ言い訳を繰り返す。見下げ果てた男だな！　貴様は！」

最後に一言カイルを罵倒する査察官。

違う！

そんなことはしていない！

元凶《げんきよう》は全て隊長なんだ！

隊長が僕に罪を擦《なす》り付《つ》けたんだ！

そう言おうとしたカイルだったが、査察官がさっさとこの問答を終わりにしてしまった。

「本来なら、この場で軍法会議を開き、処分を決めるのだがな。貴様のせいで起こった魔物の大発生のせいで軍務局は大混乱だ。よって、この事態が収まってから処分を決めるので自宅で謹慎《きんしん》せよ！」

「ま、待って……」

「貴様‼　まだ言うか‼」

さらに言いつのろうとするカイルに、今度こそ机を壊す勢いで叩く査察官。

「これ以上の問答は無用だ！　誰か、コイツを自宅まで連行しろ！」

終わった。

終わってしまった。

掛けられた容疑に対して抗弁する機会すら与えられなかった。

隊長の言い分のみ聞いて、自分の言い分は聞いて貰えなかった。

こんな理不尽《りふじん》な話があるか？

確かに向こうは役職付きで、自分はヒラの団員だ。

だからといって、こんな仕打ちがあるか？

査察官の呼び掛けに、軍務局の憲兵《けんぺい》が二人入ってきた。

そしてカイルの両腕を持ち、力が抜けてしまった彼を引きずって部屋の外に連れ出してしまった。

査察室の扉が閉まる瞬間、まるで汚いものを見るような目で自分を見ている査察官の顔がはっきりと見えた。

「おい、この卑怯者《ひきょうもの》！　テメエのせいで俺達は大迷惑だ！　市民まで危険に晒《さら》しやがって……ここでぶっ殺してやりてえ！」

「俺だって同じ気持ちだけど我慢しろ。ここで手を出したらお前が犯罪者だぞ。こんな奴のために自分の人生を棒に振るんじゃない」

「クソッタレ‼」

憲兵は大声でそう叫び、カイルを護送《ごそう》の馬車まで引きずっていった。

それは軍務局の職員の目の前で行われ、憲兵が話していた内容もあって、皆はカイルがこの魔物の大発生を引き起こした犯人だと理解した。

カイルに向けられる非難の目。

時折起きる罵声。

その全てがカイルの心をどんどん黒く染めていった。

そして、カイルがこんな目にあっている元凶。

カイルは隊長のことを、強く……。


とても強く憎んだ。


今回のことで、カイルには一つハッキリしたことがあった。

それは、今まで自分の実績が評価されなかったのも隊長のせいだという確信だった。

我が身可愛さに平気で部下を売る人間だ。

今までの部下の実績を掠《かす》め取《と》っていても不思議ではない。

いや、むしろ自分の実績を掠め取っていないと、あの職務態度でクビにならず、ずっと隊長職にいられるはずがない。

カイルは完全に利用され、最後には身代わりとして差し出された。

これで隊長を恨まない人間などいようか？

こんな最低な人間が世の中にいるとは思いもしなかった。

今まで、どんなにマーリンに美味しいところを持っていかれても、差をつけられても、嫉妬はするが憎んだり恨んだりしてこなかったカイルの心は、全て憎しみで塗りたくられていた。

そしてその憎しみは、自分にも向いていた。

魔法師団に入団して十年以上。

十年以上だ。

その間ずっと上司はあの男だった。

最初は別の部署だったのだが、彼が昇進する際、カイルを引き抜いていったのだ。

カイルは期待されていると思っていた。

評価されていると思っていた。

ところが実際は利用されていただけだった。

便利な駒だから、連れていきたかっただけだった。

そのことに、十年以上気が付かなかった。

そんな自分の間抜けさ加減を……。


心底呪《のろ》った。


「おい！　さっさと馬車に乗れ！　グズグズすんな！」

相変わらず怒り心頭の憲兵は、カイルを馬車の中へ文字通り突き飛ばした。

だがカイルの心の内は、隊長への憎しみと自分への呪いで溢れており、突き飛ばされる行為には全く反応しなかった。

その代わりに、何ごとかをブツブツと呟いていた。

突き飛ばしても反応せず、ずっと独り言を呟いているカイルを、憲兵の二人は気持ちの悪いものを見るような目で見ていた。

「なんだコイツ……気味悪いな」

カイルの呟きは、カイルの自宅に着くまでずっと続いていた。

その独り言が気持ち悪かった憲兵は、さっきまで見せていた苛立ちの態度を見せず、代わりに見せていたのは、嫌悪《けんお》の表情だった。

この時、憲兵がカイルを両脇から押さえるように座っていればカイルの独り言が聞こえただろう。

だが憲兵の二人は、馬車に入った時点で気持ち悪さに負けカイルから距離を取ってしまった。

なので、カイルがずっとブツブツ言っていた独り言を聞きそびれてしまった。

この時、憲兵が気味悪がらずにカイルの隣にいればなんと言っているか聞こえただろう。

この時、カイルは……。

「許さない……ゆるさない、ゆるさない」

こう呟いていたのだった。

◆

カイルを自宅に送り届けた憲兵達は、カイルを家の中に放り込むと、早々に家の外に出て行き、自宅のドアの前で見張りをすることにした。

これ以上、ブツブツと壊れたように独り言を呟くカイルの側にいたくなかったのだ。

家に放り込まれたカイルは、フラフラと家の中を歩いていく。

特に目的の場所などない。

自分の意思で帰宅したのではなく、無理矢理家に閉じ込められた。

どこに向かうでもなく歩いていたカイルだが、その足は自然と同棲している婚約者である彼女の部屋へと向かっていた。

碌《ろく》なことがなかった人生で、ようやく手に入れた一つの幸せ。

今という最悪な状況の中で、唯一彼女の存在だけがカイルにとっての希望に思えたのだろう。

救いを求めるためだろうか、無意識にその部屋へと向かっていた。

そして、彼女の部屋の前までくると、その部屋の中から話し声がすることに気が付いた。

その声は彼女と……よく知った声。

『もういい加減帰らないと。アイツが帰ってきちゃうよ？』

『大丈夫だよ。隊長の無茶な命令のせいで当分帰ってこれないから』

『そうなの？』

『そうそう。カイル君は隊長や俺達のボーナスのために、こき使われているのさ』

『あはは！　ダッサー！』

『そう言ってやるなよ。お前の旦那《だんな》になるんだろ？』

『ウィルの指示じゃなきゃあんな奴と結婚なんてしないよ。だって、全然面白くないいんだもん』

『しょうがねえだろ。俺にはもう嫁がいるんだからよ。お前を養うなんてできねえっつうの』

『でも、いいアイデアだよね。アイツと結婚して生活費を出させて、ウィルとの関係を続けるって』

『おんなじ職場だしな。アイツのスケジュールは簡単に把握できるしな』

『後は夜の方がなあ……』

『できるだけ、ヤルんじゃねえぞ？　お前は俺のもんなんだからな。アイツには貸してやってるだけなんだから』

『分かってるよ。だから……ね？　もう一回シよ？』

『よっしゃ！』

一連の会話を、カイルは部屋の外で全て聞いていた。

そしてすぐ傍で始まった男女の行為。

それを聞いていたカイルは……。

心が急速に壊れていくのを感じていた。

救いを求めた彼女の部屋で、トドメを刺された。

救いは、なかった。

彼女と先輩に対して嫉妬も憎しみも起きなかった。

それが向いた先は……。

神。

ここまで非道い仕打ちをされるのは、自分がきっと神様に嫌われているからだと、そう思った。

世界から嫌われているのだと思った。

だから自分を不幸な目に遭わせようとしてくるのだと思った。

人間は神の子ではなかったのか？

なぜ自分だけこんな非道い扱いをされなければいけないのか。

そこでふと思った。

もしかしたら、自分は人間ではないのかもしれない。

神に嫌われる悪魔なのかもしれない。

そうか、そうだったのか。

自分は悪魔だったのか。

だったら……。

この世界は……全て僕の敵だ！！！！！！


人を憎み、自分を呪い、世界に敵対したカイルの周りに、突如黒い魔力が集まりだし
カイルを覆いつくしていった。

「があああああああああああああっっっっっ！！！！！！」

そして、カイルを覆っていた黒い魔力が急激に膨張《ぼうちょう》し始めた。

突然のことに、行為に耽《ふけ》っていた二人も、家の前で見張りをしている憲兵達も一瞬何
が起きているのか把握できなかった。

そして、膨大に集まり、限界まで圧縮されたそのどす黒い魔力は……。

「皆、僕の敵だああああああああああああああっっっっっ！！！！！！」

カイルの叫びと共に解放された。

その日、アールスハイド王都の住民は、住宅街の一角を吹き飛ばした突然の爆発に驚《きょう》
愕《がく》した。
突如、なんの前触れもなく木端微塵《こっぱみじん》に吹き飛んだ家。
最初は原因が分からず、近所の住民達は不安を隠しきれなかった。
やがて警備隊が駆け付け、屋敷を捜査したところ、四人の遺体が発見された。
二人は、酷《ひど》くひしゃげていたが軍務局の制式装備を身に付けていたことから、軍務局

からカイルを護送してきた憲兵だと分かった。

そしてもう二体は男女の遺体。

一人はこの家の住人でカイルの婚約者だった女性。

もう一人はカイルではなかった。

カイルの職場の先輩、ウィルだった。

遺体は損傷《そんしょう》が激しかったのだが、二人の遺体の様子からあることが分かった。

二人とも、服を着ていなかったのである。

そして、軍務局から謹慎を命じられたカイルの遺体は出てこなかった。

これらの状況から、警備隊はある判断をした。

軍務局から護送され、自宅に戻ったカイルは、婚約者と先輩の密会現場を目撃。

怒り狂ったカイルが婚約者とウィルを家ごと吹き飛ばし、巻き添えで憲兵まで殺害した。

そのように結論付けた。

そして……。

カイルは、王国中に指名手配された。

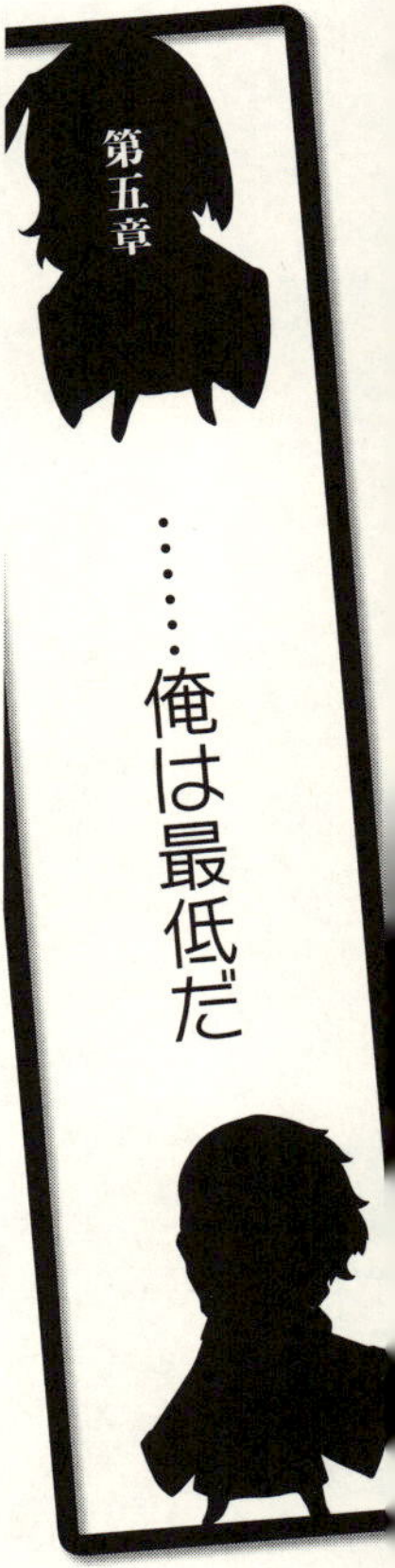

第五章　……俺は最低だ

「おいメリダ！　見たかこれ！」

マーリンが一枚の紙を手にして家に駆けこんできた。

その手に持っていたのは、ある手配書。

それを見たメリダは、困惑を隠しきれない様子で答えた。

「うん……ねえ、何かの間違いじゃないの？　カイル君が殺人犯として指名手配されるなんて……」

マーリンが持っていたのはカイルの指名手配書。

そこには、軍務局の憲兵《けんぺい》二人、婚約者、職場の先輩の四人を殺害した凶悪犯として王国中に指名手配したと書かれていた。

「俺もそう思ってカイルの家に行ってみたんだけどよ……」

そう言ったマーリンは、ガックリと肩を落とした。

「もう、しっちゃかめっちゃかでな……その場にいた警備隊に事情を聞いたら、カイルは自宅謹慎《じたくきんしん》を命じられて、軍務局の憲兵に連れられて家に帰ったらしい。んで、その憲兵と他の二人の遺体はあんのに、カイルのだけないんだとよ」

それを聞いたメリダは、絶望的な状況に声を漏らす。

「そんな……それじゃあカイル君が犯人だって疑われてもしょうがないじゃない」

「しかもな」

「なに？　まだあるの？」

「婚約者と職場の先輩……服着てなかったってよ……」

その言葉を聞いたメリダは、カイルの婚約者に怒りを覚えた。

「最低！　浮気してたの⁉」

「どうもそうらしい。多分……カイルは現場を見ちまったんだろうな……それで怒り狂って……」

「最悪……動機も十分じゃない……」

動機、状況証拠、全てがカイルが犯人だと物語っている。

これではカイルが犯人ではないという根拠を示す方が難しいと思われた。

「と、とにかくカイル君を見つけないと！」

「それなんだけどな……」

「なによ？」

言いにくそうに話し出したマーリンにメリダは、まさか親友の危機に動かないつもりかと非難の視線を浴びせる。

その視線に一瞬ひるむが、マーリンは続きを話し出した。

「さっきハンター協会から招集がかかってな。なんでも魔物の大発生が起こったから、その討伐に参加して欲しいって言われた」

「魔物の大発生⁉」

メリダは、予想外の事実に驚きを隠せない。

「軍は一体なにをやってたのよ⁉」

「それがな……」

「なによ⁉　まだなにかあるの⁉」

立て続けに聞かされる悪い報《しら》せに、メリダはとうとう叫び出した。

「その魔物の大発生……カイルが原因だってよ」

今までマーリンが報告してきた中で、一番信じられない報告。

それを聞いたメリダは、即座に否定した。

「そんなことある訳ないじゃない！　カイル君がどれほどの魔法使いか知ってるでしょ⁉」

「俺だって信じたくねえよ！　だけど、自宅謹慎を命じられた理由が職務《しょくむ》怠慢《たいまん》で魔物の大発生を引き起こした責任を取らされたって聞いたんだよ！」

「カイル君がそんなことする訳ない‼」

「俺だってそう思うよ！　でも、現実はそうなってんだよ！」

お互いに怒鳴り合い、息を切らせる二人。

感情が昂《たかぶ》ったのか、ついにメリダは涙を浮かべ始めた。

「こんなのおかしいよ……カイル君がそんなことする訳ないじゃない……」

「ああ、おかしい。明らかに変だ」

すすり泣きを始めたメリダを見て、マーリンは今の状況はおかしいと言い出した。

「あの真面目さが取り柄のカイルが職務怠慢？　そもそもそこがおかしいんだよ。それに魔物の大発生だって、カイルなら単独で収拾させることだって不可能じゃない」

マーリンにはとにかくそれが信じられなかった。

中等学院時代からずっとカイルを見てきた。

彼は、どんなことにも真面目に取り組み、それをこなすまで絶対に諦めない性格をしていた。

その結果が高等魔法学院時代の成績に現れている。

入試から卒業まで一度も首席の座を譲らなかった。

そして、その人間性は卒業してからも変わらなかった。

社会に出て性格が変わってしまう者も中にはいるが、カイルは違った。

いつも魔物素材を回収せずにいるマーリンに、ハンター協会の存在意義を説《と》き、ルールを守り、収益に貢献《こうけん》するようにずっと言い続けてきた。

マーリンから言わせれば、真面目が服を着ているような存在なのである。

「絶対におかしい。根本的におかしいんだ」

その言葉を聞いたメリダも考え始め、やがてある結論に至る。

「……もしかして、カイル君誰かに嵌《は》められた？」

「俺はその可能性が一番高いと思ってる」

マーリンも同じ考えであった。

カイルは、魔法師団か軍務局かの誰かに嵌められて濡れ衣を着せられたのだと、そう思ったのだ。

「でも……その後のことは……」

確かに、根本的な原因は誰かに嵌められたことかもしれない。

だが、その後に引き起こした事件は、カイル以外に犯人が考えられない。

嵌められたことにカイルが気付いたとなれば、動機が一つ増えるだけだ。

どうにかしてカイルを捜し出して事情を聞きたいメリダは、マーリンに尋ねた。

「マーリン、そのハンター協会の依頼、断れないの？」

「無茶言うな。本当だったら、お前にも声をかけてくれって言われたんだぞ？」

「そ、そこまで大規模なの？」

「どうだろうな？　魔物の大発生なんて数十年振りらしいから、軍にも協会にも経験ある奴がいないんだよ」

どう対処すればいいのか分からないから、とりあえず全力で当たってみる。

その為に軍はハンター協会にも声をかけたのだ。

「とりあえず軍は昨日の内に出発したらしいからな。俺達が着くころにはもう終わってるかもな」

「とにかく、さっさと魔物を全滅させて帰ってきなさいよ。今回ばかりは素材がどうのこうの言わないから」

「ああ、さっさと終わらせて、カイルを捜さないとな」

そう言ってマーリンは出発の準備のために、部屋に向かった。

自分も準備を手伝おうとしたメリダだったが、ある声に呼び止められた。

「かーちゃん……カイルおじさん、悪いことしたの？」

「スレイン……」

呼び止めたのはスレイン。

マーリンとメリダの会話から、カイルが悪いことをして追われているのだと理解した。

いつもやさしいおじさんが悪いことをしたという事実に、スレインは顔を俯《うつむ》かせ目に涙を浮かべていた。

それを見たメリダは、スレインを抱き締めた。

「大丈夫。きっと何かの間違いよ。お父さんがそれを証明してくれるわ」

「本当に？」

「ええ。お父さん、いつもあんな感じだけど、本当は友達想いなのよ？　きっとなんとかしてくれるわ」

そのメリダの言葉を聞いたスレインは、溜まっていた涙を拭い、

「うん！」

と元気に答えた。

と、そこに準備を終えたマーリンが現れた。

その姿を見たスレインは、力いっぱい声をあげた。

「とーちゃん！　頑張ってカイルおじさんを助けてあげてね！」

マーリンは、今から魔物討伐に行くんだけどなと思いつつも、カイルの頭を乱暴に撫《な》でまわし。

「おう！　任せとけ！」

そう言って玄関のドアを開けて出て行った。

その姿を見送ったメリダは、胸が締め付けられた。

「マーリン……お願い、カイル君を助けてあげて……」

そう祈らずにはいられなかった。

◆

数十年振りに起こった魔物の大発生に対し、軍務局は即座に騎士・魔法使いを派遣し

た。

　発生した魔物は数百にもおよび、近くにあった村の住人はすぐに近くの別の村に避難した。

　今まで経験したことのない任務に、兵士達は皆緊張し、それを引き起こしたカイルに恨みを持つものも少なくなかった。

　この隊を率いる指揮官もその一人である。

「まったく、とんだことをしでかしてくれたもんだな、お前の部下は」

　その指揮官の近くには、カイルの所属していた部隊の隊長がいた。

「申し訳ありません。まさか、自分の目の届かないところでサボっているとは思いもしませんでした」

「そのツケを俺達が払わされるのか……たまったもんじゃないな」

　怒りが抑えられないのか、ずっとブツブツと文句を言っている指揮官の横で、隊長は冷や汗をかいていた。

　もしカイルに責任を押し付けることを思いつかなかったら、自分がその非難の対象になっていたのだ。

　そうならずに済んで良かったと、心からそう思っていた。

　隊長に、反省の色など全くなかった。

　そんな感じで指揮官の愚痴《ぐち》をただひたすら聞かされるという道中を歩んでいると、やがて問題の森が見えてきた。

見える範囲に魔物はいない。

だが、森に近付くにつれ、魔法師団の人間達の顔が青ざめていった。

「やべえ……これはやべえぞ……」

「なんて数だ……こんなの見たことねえ」

口々にそう言い出すが、騎士には魔力を感知することができない。

指揮官も騎士団の人間であったので、魔法使いである隊長を側に置いていた。

「どうなってる？」

「これは……とんでもない数の魔物の反応がありま……あ、ヤベ。こっちに気付いた」

途中までは上官に対する言葉遣いだったのだが、魔物の群れがこちらに気付いた途端、素の口調に戻った。

しかし、指揮官はそれどころではない。

「はあっ⁉　こっちに気付いた⁉」

「は、はい！　うわっ、ホントにヤベエ！　こっちに向かってきやがった！」

「総員戦闘準備！　戦闘準備‼」

大声で叫ぶ指揮官の言葉に慌てて戦闘態勢を取る騎士団員達。

事前に魔物がこちらに向かってきていることを感知していた魔法師団員達は、すでに魔法の準備に取り掛かっている。

そして、魔法師団の準備が整い、指揮官が命令を発しようとした――、
その時だった。

「魔法師団、撃《う》……」

命令の途中にもかかわらず、途轍《とてつ》もない威力の魔法が、向かってくる魔物の群れに炸《さく》裂《れつ》したのだ。

その威力は、魔物の群れの半数を一瞬で吹き飛ばし、地面に特大のクレーターを作り出すほどだった。

その光景を見た指揮官は言葉を失い、魔法を放つ準備をしていた魔法師団員達は集めた魔力を霧散《むさん》させてしまった。

しばらく兵士達全員が呆然としてしまうが、ハッと我に返った指揮官が魔法を放った者を探し始めた。

「だ、誰だ‼　今魔法を放った者は‼」

そう大声で叫ぶが、魔法師団員の放った魔法ではないことは薄々感付いていた。

なぜなら先程の魔法は、兵士達の後ろから発射されたものだったからだ。

そこで指揮官はある可能性に思い至った。

そういえば、ハンター協会にも討伐の要請《ようせい》を出していた。

ひょっとしたら今のは、アールスハイド最強の男と名高いマーリン＝ウォルフォードの魔法ではないのか。

あの魔法の威力なら、自分達の勝利は確定的だ。

この面倒な任務に希望の光が見えてきた。

指揮官だけでなく、その場にいる殆《ほとん》どの人間がそう思い、期待を込めて後ろを振り返り……。

全員が困惑した。

何故ならそこにいたのは、腰まで届く金髪の男。

マーリンの髪の色は黒なので、明らかに違っていた。

それに何より、一番兵士達を困惑させたのは、その男が着ていた服。

それは……。

魔法師団の制服だったのである。

それを見た魔法師団員は首を傾げる。

魔法師団にあんな魔法が撃てる奴なんていたか？　と。

これだけの魔法が撃てるなら、魔法師団で有名になっていないとおかしい。

だが、こんな魔法が撃てるのは、魔法師団員が思いつくにハンターであるマーリンしかいない。

そして、俯いているので顔が見えない。

あれは一体誰だと、皆がザワつくなか、一人だけその容姿に見覚えがある人物がいた。

「ま、ま、まさか……カイル……か？」

カイルの部隊の隊長である。

その隊長の呟《つぶや》きは、近くにいた指揮官の耳に届いた。

「カイル？　まさか！　この魔物大発生の元凶《げんきょう》、あのカイル＝マクリーンか⁉」

隊長と指揮官の言う通り、そこにいたのはカイルであった。

カイルは、王都にある自宅を吹き飛ばした後、王都を抜けここまで辿り着いたのだった。

まさかカイルがこの場に現れるとは思ってもみなかった指揮官は一瞬戸惑《とまど》うが、すぐに切り替え、カイルのもとに向かった。

自宅謹慎を命じられ軍法会議を待つ身である者が、なぜこの場にいるのか？

その行為そのものが、命令無視。

反逆行為《はんぎゃくこうい》である。

指揮官は、その行為が許せなかったのである。

「カイル＝マクリーン‼　貴様！　軍法会議を待つ身でありながら、なぜこんな所にいる⁉」

指揮官は怒鳴りながらカイルに近付いていくが、カイルは全く返事をしない。

それどころか反応もしない。

「きっ……貴様ぁっ‼　俺を侮辱するかあっ‼」

反逆者に無視されたと思った指揮官は、顔を真っ赤にしてカイルへ詰め寄っていく。

そして指揮官がカイルの胸倉《むなぐら》を掴もうと手を伸ばした……。

その時。

カイルが、ずっと俯いていた顔を上げた。

「貴様！　質問にこた……え？」

顔を上げたカイルの目は。


真っ赤だった。


「な、なんだ貴様、その目は？」

指揮官は、普通の人間には見えないその風貌《ふうぼう》に困惑する。

そして、問われたカイルの方は。

「ククククク、カカカカカ」

狂ったように笑いだし、そして……。

「アアアアアアアアアアアアアアアアアアアアアアアアアアア！！！！！！」

叫んだ。

「貴様！　いいかげ……」

指揮官はカイルがふざけていると思い、叱責《しっせき》しようとするが、言葉は途中で途切れた。カイルが不意に放った魔法が、指揮官の上半身を跡形もなく吹き飛ばしてしまったからである。

あまりに突然の凶行に、騎士も魔法使いも誰も反応できなかった。

それどころか、事態が呑《の》み込《こ》めなかった。

自分達の危機的状況に気が付いたのは、カイルが今度は仲間であるはずの軍に向けて魔法を放った後であった。

「う、うわあああああっ！！！」

突如現れた途轍もない魔法を放つ魔法使い。

その魔法の威力に、軍の人間は誰もが魔物の大発生の早期終息を確信した。

だが、事もあろうにその魔法使いは自分達を攻撃し始めた。

真っ赤な目を光らせ、黒く禍々《まがまが》しい魔力を身に纏《まと》って。

自分達が恐ろしいモノに攻撃されていると認識した兵士達は恐慌《きょうこう》に陥《おちい》った。

指揮系統のトップである指揮官がやられ、副官が指揮を引き継ぐ前に攻撃されたため、指揮系統が滅茶苦茶《めちゃくちゃ》になってしまったのだ。

そんな混乱に陥るアールスハイド軍に対し、カイルはまるで狩りを楽しむかのように楽し気に攻撃する。

その攻撃は苛烈《かれつ》を極め、容赦など一切なし。

まるで虫けらを殺すように、兵士達を殺害していった。

「に、逃げろ‼　近くに村があったはずだ！　そこまで逃げろ‼」

カイルの攻撃をくぐり抜けなんとか戦場を離脱できたのは半数にも満たなかった。

その多くは、味方が攻撃されている隙になんとか脱出した者達ばかりである。

先程までいた村から、その村の住人が避難した隣の村まで一気に走り抜けた兵士達は、村の入り口で次々と倒れ込んでいく。

その様子を、村人達は心配そうに見ているが、そこは鍛えている兵士達。

最初は息も絶え絶えな様子であったが、徐々に息が整ってくる。

そして息が落ち着くと、自分達を攻撃してきたカイルを非難し始める。

「なんだよ⁉　なんなんだよアイツ⁉」

「アイツ、軍法会議にかけられるんじゃなかったのかよ⁉」

「まさか、それを逆恨みして俺達に攻撃を仕掛けたんじゃ……」

その中に、一番可能性がありそうな話をした者がいた。

逆恨み。

自分が処分されることを恨んで軍に攻撃を仕掛けてきたという可能性である。

その事に憤慨《ふんがい》するものもいたが、あることに気付いた者がいた。

「アイツ……目が赤くて禍々しい魔力を纏ってたな……」

「それがどうした？」

確かにカイルの目は真っ赤だった。

見たことのない症状だったが、何かの病気だろうか？

そう思う者が殆どだったのだが、その兵士はある確信を持っていた。

「それって、同じじゃないか？」

「なにが……って、ああ!!」

そこで皆が理解した。

「……魔物の特徴と同じだよ……」

その言葉に兵士達が一斉に喉を鳴らした。

その言葉が示すもの。

それは……。

魔物化しないと思われていた人間が魔物化したということ。

だが、人類の歴史を遡《さかのぼ》っても一度たりとも人間が魔物化した事例などない。

外見的特徴が一致していたとしても、俄《にわか》には信じられない。

「た、確かに似てるけど……人間が魔物化するって……」

「は、はは……ありえねえだろ？」

「や、やっぱそうだよな！」

魔物の特徴と同じだと言った兵士も、自分の言葉が信じられず、やはり何かの間違いであろうと発言を撤回した。

カイルは魔物化していない。

そうなると、今回の行動は大問題である。

「マクリーンの奴、何考えてやがんだ」

「これは軍法会議どころじゃないな。歴史上稀《まれ》に見る大犯罪だ。極刑《きょくけい》は免れないだろ」

「そりゃあ、これだけのことをしでかしゃな」

「やっぱり逆恨みか？」

「それしかねえだろ」

そうやって話をしている兵士達の横で、恐怖に震えている人物がいた。

隊長である。

彼は、カイルの狙いが自分なのではないかと感じていた。

せっかく王都を抜け出したのに、わざわざ軍隊の前に現れた。

そのまま逃げることもできたはずなのに、そうしなかった。

それは、カイルは逃げるのではなく復讐しにきたからではないか？

マズイ、カイルの実力はよく知っている。

地位は自分の方が上であるが、魔法の腕はカイルの方が圧倒的に上。

あそこまで自暴自棄《じぼうじき》になって攻撃されたらひとたまりもない。

怖い。

隊長の脳裏には、最早それしかなかった。

そして村に逃げ込んでしばらくした後、魔法使いがピクリと反応した。

「……来た」

「マジか……」

「追いかけてきたってのかよ」

その言葉で隊長は確信した。

カイルは自分を狙っている。

自分を殺す気で追ってきている。

隊長は恐怖で気が狂いそうになっていた。

「……なあ」

「……なんだよ」

そんな恐怖に震える隊長の横で、一人の魔法使いが別の魔法使いに話しかけた。

「これ……本当に魔物じゃないのかよ？」

「……魔力の感じは、まんま魔物なんだけどな……」

「それも、災害級より強そうじゃね？」

そこまで会話して二人揃《そろ》って喉を鳴らす。

そして同じくカイルの魔力を探知した隊長は行動を起こした。

やがて声が届く距離になり、兵士の一人がカイルに声をかける。

「カイル＝マクリーン！　貴様が軍に対して逆恨みをもって攻撃してきているのは分か

っている！　だが、ここには非戦闘員の市民がいる！　貴様の蛮行《ばんこう》もここまでだ！」

声をかけた兵士は、これで引き下がると思っていた。

カイルが怨《うら》んでいるのは軍。

自分を捕らえた軍のはずだ。

奴にとって市民とは守る対象のはず。

攻撃は絶対にしてこない。

そう思った。

だが……。

「ウウウゥウゥウゥ……アァアァァァアアアアアアアア！！！！」

理性を失った獣のように吠えたカイルは、超濃密で膨大な魔力を展開。

そして、それをそのまま……。

「まさか！！？？」

「総員退避！　退避いいいいいいっっ‼」

なんの躊躇《ためら》いもなく。

「う、うわああああ‼」

村に向かって放った。

さほど大きな村ではなかったそこは、その一撃で……。

消滅した。

生き残りなど一人もいないと思われていたそんな状況で、一人生き延びた者がいた。

「やりやがった……アイツ、ホントにやりやがった‼」

近付いてきたカイルの魔力を感知した隊長は、こっそりと村を抜け出しており、唯一人難を逃れていた。

なんとか逃げ出した隊長は、近くの街へと必死に走っていた。

その街から王都へ伝令の早馬を走らせてもらうためである。

翌日、王都に届いた伝令に、王城が大混乱に陥ることになる。

その文面とは。

『人間が魔物化し、無差別に殺戮《さつりく》を繰り返している。その強さは尋常《じんじょう》ではなく、村が一つ壊滅。これは国家存亡の危機である。なお、魔物化したのは魔法師団所属、カイル＝マクリーンである』

◆

軍から遅れること数時間。

魔物の大発生が起こったとされる森の近くの村に来たマーリン達ハンター一行は、衝撃の光景を目にした。

途轍もなく大きいクレーター。

そのクレーターを中心に広がる魔物の死体。

そして、何かが地面を薙《な》いだような跡には、兵士達の遺体。

魔物と兵士との戦闘が繰り広げられていると考えていたハンター達の予想は完全に裏切られた。

ここには、死体しかなかったのである。

魔物に同業者がやられることもあるハンター達は人の遺体も見慣れていたが、彼らが目にしたのは数十もの遺体。

あまりに想定外の事態に、ハンター達の中にはその場で吐《は》いてしまう者もいた。

「こ、これは……一体何があったってんだ……」

さすがのマーリンも、この光景には困惑した。

なにより困惑したのは、その兵士達の遺体だった。

そして、その異変に気付いたのはマーリンだけではなかった。

「マーリン、おかしいぜ。魔物の死体が少なすぎる」

「ああ、ってことは魔物の大半はまだ討伐されずに残ってるってことだ。なのに……」

「兵士達の遺体は食い散らかされた形跡《けいせき》がない」

これが一番マーリン達を困惑させた。

動物が魔物化すると、魔力のあるものを捕食する傾向があると言われている。

この世界において、人間は一番魔力を帯びており、魔物達にとっての御馳走《ごちそう》だ。

この場にある魔物の死体は、とても大発生が起きたとは思えない数。

ということは、大発生した魔物のほとんどはまだ討伐されていないということ。

なのに残っている魔物達は御馳走である人間を放置している。

マーリンは確認のため、森の内部を索敵魔法《さくてきまほう》によって調査した。

「……尋常じゃねえな。なんだこの数」

「マ、ママママーリンさん！　これヤバくないッスか⁉」

ハンターの中にいた年若い魔法使いの青年が、同じく索敵魔法を使い森の内部を調べた。

その結果、調べなければ良かったと後悔するほどの魔物を探知したのである。

年若い魔法使いの青年にとっては絶望的な数の魔物を探知しただけであったが、マーリンにとっては更なる困惑の材料になった。

「確かに数は多いがよ、デカい魔力が一つもねえ」

マーリンが探知する限りでは、災害級の魔物はいない。

だというのに、戦闘のプロである兵士達の屍《しかばね》が大量に晒《さら》されている。

一体どういうことだ？

この兵士達は、誰に殺されたんだ？

そんな疑問を持ったその時、兵士達の遺体を調べていたハンターの一人が大声をあげた。

「おい！　生きてる奴がいたぞ!!」

その声を聞いたマーリンは、生き残りに話を聞くため、一目散《いちもくさん》にそのハンターのもとに行った。

そこでマーリンが目にしたのは、腕と足が一本ずつなくなり、息も絶え絶えな騎士だった。

思わず怯《ひる》むマーリンだったが、心を鬼にしてその騎士に話しかけた。

「おい！　何があった⁉　お前らを攻撃したのは誰だ⁉」

そのマーリンの問いに、虫の息だった騎士はノロノロと視線を向けた。

そして、マーリンにとって衝撃的な名を口にした。

「マク……リ……………が………」

「な……なんだと⁉」

瀕死《ひんし》の騎士はマクリーンと言った。

それは、カイルのファミリーネームだ。

あまりに信じ難い発言に、マーリンは思わずその騎士の胸倉を掴んで叫んだ。

「テメエ！　吹かしこいてんじゃねえぞ！　カイルが！　カイルがこんなことするはずねえだろうが！」

「おい！　マーリンよせ！　相手は死にかけてんだぞ！　そんな嘘なんか吐《つ》くはずある

か！」

「うるせえ！　離せ！」

マーリンと仲が良さそうなベテランのハンターがマーリンを羽交《はが》い絞《じ》めにして騎士から無理矢理離した。

「いいから落ち着け！」

「クソッタレがあっ‼」

激高するマーリンをよそに、瀕死の騎士は最期の力を振り絞って声を出した。

「あ……かいめ……あい、つは……」

途切れ途切れの騎士の言葉にハンター達は息を呑んで聞き入っている。

そして、騎士の最期の言葉にマーリンだけでなく、全ハンターが驚愕《きようがく》した。

「ま……もの、だ……た」

そこまで言い切った騎士は、自分の使命を終えたと思ったのだろうか、そのまま息を引き取った。

騎士が亡くなった後、その場に広がったのは重苦しい沈黙だ。

騎士は最期に、カイルは赤い目をして魔物になったと言った。

ハンターにとって、魔物とは生活の糧《かて》であり憎むべき敵であり、身近な存在である。

だがこの世界には魔物化しないと思われている生物が何種類かいる。

サイや象などの元から大型の動物。

そして、海にいる大型の海生哺乳類。

元々体が大きな動物は、魔力の許容量も大きいからだと言われている。

そんな生物の中に、人間がいる。

過去に人間が魔物化した事例はない。

それは、人間は魔力を操ることができるためであると昔から言われてきた。

だが、もし、騎士の言ったことが本当だったら？

人類史上初の、魔物化した人間が出たことになる。

まさかの事態に、ハンター達は誰も声を出すことができない。

ただ一人を除いて。

「ふざけんな……」

「マーリン？」

「ふざけんなあああああっっ!!」

マーリンは、突然大声で叫んだ。

「カイルが魔物化しただと⁉　ふざけたことぬかしてんじゃねえ!!」

マーリンは昔からずっと魔物を討伐してきた。

その特徴は、赤い目をして禍々しい魔力を放つ、正に世界にとっての害だ。

カイルが……中等学院時代からの親友が、そんな存在になり果てたなど、とてもではないが信じられなかった。

「アイツが、お人好しで真面目で、他人を傷付けられないアイツが！　そんなモンになる訳ねえだろうが‼」

昔からよく知っている人物だからこそ信じたくない気持ちもある。

だが、ハンター達は死に瀕した騎士がそんな嘘を吐くとは思っていなかった。

「マーリン、気持ちは分かるけどよ、俺はこの騎士が言ったことは本当だと思うぜ」

「おまえ……」

「お、俺もそう思うッス！」

先程森の中を索敵魔法で調査した若い魔法使いもベテランハンターに同調した。

「テメエ……」

アールスハイド最強とまで言われているマーリンに睨《にら》まれ、恐怖でガクガクしていたが、若い魔法使いは自分の意見を言った。

「あの騎士さん、もうほとんど意識がなかったッス！　あの状態で話すことは本当のことしかないと思うんス！」

「……」

マーリンは騎士の言葉を信じたくない。

だが、若い魔法使いが言うことももっともだ。

信じたくない。

でも嘘だとは思えない。

ギリッと歯を噛みしめたマーリンは立ち上がり、どこかに行こうとした。

「おいマーリン、どこへ行くんだ？」

そのマーリンを、友人のベテランハンターが呼び止めた。

「カイルを追う。まだそんなに遠くには行ってないはずだ」

そのマーリンの言葉に、ベテランハンターは溜《た》め息《いき》を吐いた。

「森の魔物はどうする？　今はなぜか森から出てこようとしていないが、その内出てくるぞ？　放っておくのか？」

その言葉を聞いたマーリンは、拳を血がにじむほど握りしめた。

そして、やけくそになったように、言い放った。

「だあっ！　うるせえな！　だったら俺が全部吹っ飛ばしてやるよ!!」

その言葉に、ハンター達は唖然《あぜん》とした。

だがマーリンは、そんなハンター達を尻目に、膨大な量の魔力を集め始める。

「おい……おい！　おいおいおい!!　マーリン何やってんだ!!」

「だから！　全部まとめて吹っ飛ばしてやるつってんだろうが!!」

「ふざけんな!!　おい！　魔法使える奴！　急いで魔力障壁《まりよくしようへき》を張りやがれ！　巻き添え喰うぞ!!」

ベテランハンターの制止も聞かず、マーリンはハンター達が今まで見たこともないほどの魔力を集め、そして……。

「まとめてチリにしてやるよ!!!!」

放たれた特大の魔法は、魔物が大発生した森に着弾。

途轍もない大音響を撒き散らして、大爆発を起こした。

ベテランハンターの指摘を受けて魔法使い達は魔力障壁を張っていたが、余波でその障壁が吹き飛びそうになった。

今まで見たこともない大魔法。

それを目の当たりにしたハンター達は言葉も出ない。

だがマーリンは周りのそんな様子に目もくれず、魔物の様子を探っていた。

「チッ！　まだ半分以上残ってんのかよ、クソッタレめ！」

そう言うが早いか、森に向かってダッシュしていった。

その後ろ姿を見て、呆然《ぼうぜん》としていたベテランハンターが周りに声をかけた。

「ヤベエ！　早くマーリンの後を追え！」

「そ、そうッスね！　いくら何でも一人は無謀ッスよ！」

「バカ！　違《ちげ》え！」

ベテランハンターの呼び掛けを、若い魔法使いはマーリンのサポートだと受け取った
のだが、ベテランハンターの真意は違った。

「このままだと、アイツ一人で魔物狩り尽くしちまうぞ！」

ベテランハンターがその言葉を言ったすぐあとに、またしても森の中で大爆発が起き

た。

その光景を見たハンター達は、慌ててマーリンの後を追い、段々と元の形がなくなりつつある森に向かっていった。

「マーリンさーん！　俺らにも獲物残しといてくださいよ‼」

そう必死に呼びかけるのだが、マーリンは一刻も早くここの魔物を殲滅《せんめつ》して、カイルの捜索に当たりたかった。

おまけに、今回は素材を気にしなくていいと言われている。

普段全力を出せないフラストレーション。

カイルが引き起こした事件の数々で鬱積《うっせき》した感情。

なにより、すぐにでもカイルの捜索をしたいという思いが、マーリンに遠慮なく魔法を使わせた。

森の中に響く、大音量の爆発。

森の中だというのに、時折現れる巨大な火柱。

徐々に変わっていく森の風景。

ハンター達はその光景に恐れ慄《おのの》きながらも魔物の討伐を続けていた。

そして、結果数時間で、魔物の大発生は終息した。

「……お前これ、どう説明すんだよ」

「魔物殲滅したんだから文句言うな！　それより、俺はカイルの捜索に行くからな！」

「ふざけんな！　こんなこと引き起こした張本人がいなくてどうすんだよ‼」

そう言ってベテランハンターが示した先には……。

さっきまであった森の姿はなく、所々で煙を上げる焼け野原が広がっていた。

結局、魔物だけでなく森まで焼き払ってしまい、その説明と魔物の大発生終息の報告をするため、マーリンは王都へ連れていかれてしまった。

◆

アールスハイド王都に緊急連絡がもたらされたのは、軍が魔物の大発生鎮圧のために出兵した翌日だった。

一晩中馬を走らせ、フラフラになりながらも伝令の兵士が持ってきた報せに、まず軍務局に激震《げきしん》が走った。

なにせ人類史上初となる人間の魔物化。

それが魔法師団の人間から出てしまったのだ。

軍務局の上層部にとって、これはキャリアにおける汚点でしかなかった。

だが、報告は人間が魔物化したことだけではない。

すでに村が一つ壊滅し、避難していた隣村の人間も含めて全滅。

魔物討伐に派遣された兵士も、ほとんどが殺されたというのだ。

報告を隠蔽《いんぺい》するには被害が大きすぎた。

やむなく軍務局上層部は、王城へ報告した。

その報告書を読んだアールスハイド王は、すぐさま魔物化した人間を討伐するように軍務局に命令。

人類史上初めての『魔人討伐』が行われることになった。

軍が向かうことになったのは、報告をもたらした兵士が駐屯していた街。

壊滅した村から一番近く、人口も多いところである。

そんな魔人討伐部隊が王都から出兵しようとしていたところに、マーリン達ハンターが帰ってきた。

「ん？　おお、ウォルフォード！　ウォルフォードではないか！」

「げっ……面倒臭《めんどくさ》いのが……」

王都に入ってすぐ、マーリンは軍務局の人間に声をかけられた。

それは筋骨隆々《きんこつりゅうりゅう》な騎士で、四十半ばくらいの男性だった。

「お前、この国の危機にどこに行っていたのだ？」

「うるせえよオッサン、テメエら軍の尻ぬぐいをしてきてやったんじゃねえか！」

男性をオッサン呼ばわりしたマーリンに、兵士達は目を見開いた。

この男性、実は騎士団の団長であり、今期の軍務局長だったのだ。

そんな力も権力も持っている男に、なんて口の利《き》き方をするんだと、兵士達はマーリンが殺される情景を幻視してしまった。

ところがその男性は怒る素振《そぶ》りすら見せず、マーリンの言葉に首を傾げた。

「我々の尻ぬぐいだと？」

「ああ、テメエら軍がほったらかしにした魔物の大発生を鎮めてきたんじゃねえか！」

その言葉に軍務局長は、太い眉をひそめた。

「ほったらかし？　どういうことだ？」

そこでマーリンは事のあらましを説明した。

それを聞いた軍務局長は、更に首を傾げる。

「それはおかしいな」

「大方その……現れた敵に恐れをなして逃げたんだろうさ」

どうしてもカイルの名を出したくなかったマーリンは、言葉を濁《にご》しつつも説明した。

そして全て聞き終えた軍務局長は、今回のおかしな点をあげた。

「なぜ魔物は森から出てこなかったのだ？」

「さあな、俺が知りたいよ」

「ふむ……」

投げやりなマーリンに比べて、軍務局長は真面目に考えた。

そして、王城に届けられた報告。

それらが軍務局長の中で繋がった。

「つまりこういうことか。魔物達は魔物化したカイル＝マクリーンの魔法を受けた。その魔法は圧倒的で魔物を多く屠《ほふ》った。結果魔物達が怯《おび》えて出てこなくなった。そんなところか？」

「……ああ、そうだろうな。実際俺らには向かってきやがったし」

カイルの名を出されて、不快な気持ちになるマーリン。

だが軍務局長はそんなこと気にしない。

「つまり、魔物化した人間……もはや魔人と呼ぶべきだな。魔人の圧倒的な火力を見た魔物が恐れをなして森の奥に逃げ込んだと、そういうことか」

「それ以上言うとオッサンでも吹っ飛ばすぞ」

魔人、魔人と連呼する軍務局長に、マーリンがキレそうになっていた。

「なんでお前が怒ってるんだ？」

「そいつは俺の親友なんだよ！」

「ほう。お前に親友がいたのか？　意外だな」

自分より実力が下の人間のことは、見下さないまでもあまり興味を見せないマーリンが親友と呼んだ。

それが意外だったのだ。

「ぶっ飛ばすぞ……オッサン」

「それより、その魔物の大発生はどうした」

額に青筋《あおすじ》を浮かべるマーリンのことなどお構いなしに、マーリン達が派遣された要因について確認した。

「全部討伐してきたよ！　これからハンター協会に行くんだ、邪魔すんな」

「ほう、それで、ハンター側の被害は？」

その問いに答えたのはベテランハンターだ。

「ゼロです、閣下《かっか》」

「おいおい、冗談言うな。いくら何でも、大発生した魔物相手に被害ゼロで討伐するとか……」

「事実です。マーリンが先頭に立って大魔法を連発し、森を焼き払いながら討伐しましたので」

まさかありのままを報告するとは思っていなかったマーリンは、そのハンターを睨んだ。

これはさすがに怒られるか？　と覚悟するが、軍務局長は意外なことを言った。

「やはり素晴らしいな、お前は。どうだ？　今からでも魔法師団に入らないか？　お前ほどの実力なら、魔法師団ですぐに出世するぞ？」

マーリンがアールスハイド最強の男と呼ばれ出してから何かと軍へスカウトしようとする局長。

軍務局の局長が直接誰かをスカウトすることなど滅多《めった》にない。

それだけ本気だということなのだが、今のマーリンにはその言葉はとても信じられなかった。

「カイルは俺と同じくらいの実力だった。アイツが出世できなかったのに、なんで俺は出世できるんだよ？　アンタの言葉は信用なんねえよ」

「待てウォルフォード、一体何の話だ？」

いまいちマーリンの言葉が理解できずに問い返す軍務局長。

その問いにマーリンが答えたのだが、語られた内容に、いくつかの問題点を見つけた。

「なるほど、お前ほどの魔法使いなどそうはおらん。それと同じレベルだったのに、昇進できなかった……か」

軍務局長は、この時初めて魔法師団内部に腐敗《ふはい》が蔓延《はびこ》っていることを知った。

この騒動が終息したら魔法師団や騎士団の綱紀粛正《こうきしゅくせい》を図る必要があると感じていた。

そして、これが一番重要な話。

魔物化し人類を殺害し始めたのは、目の前にいるアールスハイド最強の男と同格と言われる男だったということだ。

それが魔物化した。

野生動物も、元の動物の危険度が、そのまま魔物の強さに直結する。

草食動物はそれなりの強さの魔物に。

雑食動物は割と強めの魔物に。

そして肉食動物は強力な、それこそ災害級と呼ばれるほどに強い魔物になる。
それが人間だとどうなるのか？
しかも普通の人間ではなく、魔法師団に所属する戦闘のプロ。
その実力は、アールスハイド最強の男と同等。
一体どれほどの強さなのか？
少し想像し、軍務局長は背筋が凍るのを自覚した。
「じゃあな。俺らは協会に行くから」
マーリンはそう軍務局長に告げ、ハンター協会に向かって歩き出した。
その背中を見つめながら、軍務局長は溜め息を吐いた。
「アールスハイド最強の男と同等ねえ……最悪じゃねえか」
今回の出兵《しゅっぺい》に軍務局長は同行しない。
軍務局長は軍のトップ。
総指揮官だ。
それが最前線に出ることなどありえない。
だが、マーリンの話を聞いてから、その考えは少し変わった。
もしかしたら、自分も同行した方が良かったかもしれない。
部下に任せることも必要だが、相手の実力を見誤ってはいないだろうか？
そんなことを考えるようになったが、今回はもう時間的に無理だ。

何せ今から出兵する兵士達を、見送りに来ているのだから。

だが、軍務局長は言いようのない不安に襲われていた。

そして、その予感は最悪の形で的中することになった。

出兵した兵士達が全滅したのだ。

◆

魔物化した人間……既にアールスハイドでは魔人という呼び方が定着していた。

その魔人と化したカイルの討伐に向かった部隊が全滅した。

その報はあっという間にアールスハイド中に広がった。

相手はたった一人。

その一人に、屈強な騎士団が、魔法師団がやられたのだ。

魔物化したとはいえ相手はたった一人、すぐに討伐できると思っていた上層部はその考えを改めさせられた。

すぐに第二陣が結成され、再び討伐に向かった。

前回の失敗を踏まえ、彼らに油断も慢心もなかった。

だが……。

「ねえ、マーリン聞いた？」

「……ああ、また全滅したらしいな」

「それに、今度は街が一つ壊滅したって……」

魔人討伐に向かった第二陣も全滅し、今度は大きめの街が一つ壊滅した。

その報に、王都が……いやアールスハイド中が大混乱に陥った。

たった一人で軍を全滅させ、街を壊滅させる化け物がいる。

しかもそれはアールスハイド国内におり、いつどこを襲うか見当もつかない。

今度はこっちに来るんじゃないか？

あちらの街に向かったらしい。

いや、こっちに向かっているのを見た者がいる。

そんな噂が市民の間に広がっていた。

今や魔人は、アールスハイド国民にとって恐怖の対象。

そんな存在になっていた。

その現状がマーリンには悔しかった。

「くそっ！　何やってんだカイル！」

もうこの時点で、カイルが魔人になり人類の敵になってしまったことを否定することなどできない。

それが悔しくてならなかった。

マーリンは、なぜこんなことになってしまったのか、こうなる前に防ぐことはできなかったのかと、いつも考えていた。

だが答えは出ない。

そもそも何が原因でカイルが魔人になってしまったのか分かっていないのだ。

魔物化とは、動物が魔力を取り込みすぎて、体内で暴走したことにより体組織が変貌《へんぼう》を遂げ、結果別の生物になることを指す。

そこがマーリンには信じられなかった。

あのカイルが魔力を暴走させることなど想像もできなかった。

マーリンほど制御できる魔力の量が多くなかったカイルだが、魔力の制御を精密に行うことでマーリンと肩を並べる魔法使いになっていた。

魔力制御のスペシャリストだったのだ。

暴走、もしくは暴発させたところなど見たこともない。

そのカイルが魔人になった。

マーリンは、ひょっとしたら魔力の暴走以外に、何か別の要因もあるのではないかと考え始めていた。

そんな話をしていると、初等学院からスレインが帰ってきた。

「ただいま……」

「おう、おかえり」

「おかえりスレイン……どうしたの？　浮かない顔して」

いつもだったら学院が終わったらすぐに遊びに行ってしまうほど元気なスレインが、落ち込んだ様子で帰ってきた。

いつもと違う様子に、メリダは気が付き問いかけたのだ。

「……さっき、兵隊さん達が一杯歩いてたんだ」

「兵隊……」

そこでメリダは気が付いた。

それは、カイル……魔人討伐に向かった第三陣だ。

その出陣の様子を、スレインは見たのだ。

「あれって……カイルおじさんをやっつけるため……なんだよね？」

その言葉にマーリンもメリダも言葉が出ない。

まさにその通りだったからだ。

黙り込んでしまった二人に、とうとうスレインは我慢できずに叫んでしまった。

「とーちゃんの嘘つき！　カイルおじさんを助けてくれるって言ったじゃないか！」

そう、マーリンはスレインに、カイルを助けると約束した。

しかし、おそらくその時点でもうカイルは魔人になっていたと思われる。

マーリンにはどうしようもなかった。

だが、マーリンはスレインに謝った。

「……スマン」

辛そうな、悔しそうな顔で謝るマーリンを見て、スレインは泣き出してしまった。

「とーちゃんのばかあああ‼」

そう叫んだスレインは自室に籠《こ》もってしまった。

それを見送ったマーリンがふと呟く。

「馬鹿……か。そうだな、俺は大馬鹿だ」

「マーリン……」

「何が親友だ……俺はカイルのことを何にも分かっちゃいなかった。アイツは俺のことを何でも知ってくれてる、そう思ってた。だけど……俺はアイツのことを何にも知らなかった……」

「……」

「俺は最低だ……俺はアイツを自分の都合のいいように振り回してきただけじゃないか」

今さらながらにそう思う。

カイルがこんなことになってしまって、一番悔しいのはマーリンだ。

だが一番悔しいのは、カイルがこんなことになる前に止められなかったこと。

それがマーリンの心に傷を作っていた。

そんな辛そうなマーリンを見て、メリダは……。

思いっきり背中を叩いた。

「痛ってえ！　何すんだメリダ！」

「いつまでもウジウジしてんじゃないわよ！　カイル君を助けてあげられなかったのは私も同じなんだからね！　一人で落ち込まないでよ！」

「メリダ……」

「それに、カイル君を助けてあげられなくて後悔してるなら、今からでも助けてあげようよ」

「今から？」

もうすでにカイルは魔人化し、国をあげて討伐されるような対象だ。

その何を助けるのか？

「カイル君を今の現状から……助けてあげようよ」

そのメリダの言葉に、マーリンは考えた。

今のカイルを助ける方法。

それは……。

「……カイルを……倒せってのか」

マーリンは、どうしても討伐という言葉を使いたくなく、言葉を選んだ。

だがどちらにしても討伐とカイルと敵対することに変わりはない。

そのことにどうしても踏ん切りがつかないマーリンにメリダは言う。

「今のカイル君は人類の敵なんて言われてるのよ？　そんなの可哀想じゃない」

「だけどな……」

それは自分たちのエゴではないのか？

人類の敵になっているカイルが可哀想だからと倒すことが、本当にカイルを助けることになるのだろうか？

そんなマーリンを見て、メリダはもっとストレートに言った。

「カイル君に、このまま人殺しを続けさせるの？」

その言葉を聞いた時、マーリンはようやく決心した。

エゴだと思われてもいい。

あのカイルが、人殺しを繰り返すところなんてもう見たくない。

これ以上、人類の敵だと呼ばれるのも我慢ならない。

ならいっそのこと、自分の手で終わらせる。

カイルを止める。

それがカイルを助けることになると信じて。

マーリンがそう決心してすぐ、またしても凶報が入る。

第三陣も全滅。

この緊急事態に、国はとうとう学徒動員まで決断した。

度重なる魔人討伐の失敗に、これ以上を兵を失う訳にはいかないアールスハイドは、とうとう学徒動員まで決断した。

追い詰められたアールスハイドでは、市民の間で暴動が起きそうなほど不安が広がっていた。

◆

この時、高等魔法学院に所属していた王太子《おうたいし》ディセウムはこの状況を憂《うれ》い、自分も学徒動員に参加することを表明。

上層部を更なる混乱に陥れていた。

「殿下《でんか》！　何卒《なにとぞ》！　何卒お考え直し下さいませ！」

「うるさい！　国民がこんなに不安に怯えているのだ！　それを見て見ぬふりをして何が王族か！」

国の跡継ぎである王太子に万が一があってはならない。

となると、軍としてはディセウムに護衛を付けなければいけない。

それは戦力のダウンを意味し、正直なところディセウムの参加はそういう意味でも歓迎できなかった。

だが当のディセウムは魔人討伐に自分が参加することこそが国民に勇気を与え、不安を取り除けると信じていた。

それにディセウムは、高等魔法学院の成績優秀者。

自分より席次が下の生徒が動員されるのに、自分が参加しないことはプライドが許さなかったという面もある。

結局、国王の制止や説得も聞かず、ディセウムは魔人討伐に参加することになった。

「殿下、本当に良かったんですか？」

「お前達が参戦するのに、なぜ私だけ安全なところで待っていなければいけないのだ。そんな卑怯《ひきょう》なことはしたくない」

高等魔法学院の同級生からの、本当に討伐に参加して良かったのかという問いに、ディセウムはそう答えた。

彼は、純粋に使命感だけで動いていた。

だが周りの人間は……、

(殿下に何かあったら、それこそ国の一大事だろうが！)

という心の叫びを口に出すことができなかった。

結局これ以上の説得は無理だと判断し、ディセウムの参加を認めた。

軍務局としては、ディセウムに万が一があってはならない上、これ以上の失敗も許されないので、今回の討伐には軍務局長自らが参加することになった。

そして、いよいよ出兵の前日。

ディセウムは中々寝付けないでいた。

初めての実戦。

それが魔人という、今まで人類が直面したことのない脅威。

最初の魔物討伐部隊、魔人討伐部隊の計三陣とすでに数百人の命を奪っている化け物。

今さらながらに恐怖を覚え始めたディセウムだったが、なんとかその感情を抑え眠りについた。

そしてディセウムは、この魔人討伐への同行を、心底後悔する。


魔法学院だけでなく騎士学院からも学生が動員された、今までで最大の討伐部隊。

その中に王太子ディセウムもいた。

緊張した面持《おもも》ちで魔人討伐に向けて行軍していくと、王都を出て数時間のところで行軍が止まった。

斥候部隊《せっこうぶたい》から報告が入ったからである。

「殿下、よろしいですか？」

「なんだ？」

行軍が止まり少し経った頃、軍務局長がディセウムのところにやってきた。

「魔人を発見しました。これから戦闘に入ります」

「なっ⁉　こんな近くでか⁉」

ここは王都からまだ数時間の場所。

こんなところで魔人と遭遇《そうぐう》した。

ということは、もう魔人は王都の目と鼻の先まで迫っているということだ。

これはマズイ。

ここを突破されれば、次に蹂躙《じゅうりん》されるのは王都だ。

ディセウムはなんとしてもここで止めると決死の覚悟を決めるが、軍務局長はその決意に水を差す。

「よろしいですか殿下。戦闘が始まっても殿下はここから動かないようにお願いします」

「ここまで来て馬鹿なことを言うな！　私も戦闘に参加するぞ！」

「なりません！　万が一殿下の身に何かあれば、それこそ国の一大事なのですぞ！」

皆が言いたくても言えなかった台詞《せりふ》を、軍務局長がようやく言った。

だが、それもディセウムには響かなかった。

「どのみち、ここを突破されれば次のターゲットは王都だ。私がいてもいなくても変わりあるまい」

その言葉に、軍務局長は何も言えなくなった。

確かにその通りである。

ディセウムが万が一殺害され、ここを突破されたとしたら、次は王都。

結局王族は全滅し、国は崩壊する。

ディセウムを逃がしたとしても、一人で何ができるのか？

亡国の王子様が一人で国を再興する。

現実はそんなことができるほど甘くはない。

「分かりました。ですが殿下は学生です。今回の討伐作戦では学生は後方からの魔法支援となっておりますので、そちらには従って頂きます」

「分かった。命令を無視しては、作戦に支障が出るからな。それは守ろう」

ようやくディセウムを後方に留めておくことに成功した軍務局長は、ホッとして指揮に戻った。

そして戦闘の為の隊列を組み直し、慎重に行軍していると。

「……いた」

その姿はわずかに視認できる程度だったが、誰もがそれが例の魔人だと直感した。

周りに漏れ出るどす黒い魔力。

その魔力は、魔法使いの素質がない騎士ですら感じることができた。

まして魔力探知ができる魔法使い達はたまったものではない。

「な、なんだよこれ……」

「き、気持ちわる……」

そのあまりに不快な魔力により嘔吐《おうと》する者までいた。

さらにその周りには、まるで主人に飼いならされた家畜のように大量の魔物が付き従っている。

その姿は終末の世界の王のようであり、まるで……。

「あ、悪魔だ……」

誰かが溢《こぼ》したその呟きが、全員の気持ちを代弁していた。

大量の魔物を従え、ゆっくりと歩く姿は、人類に破滅をもたらす悪魔のように見えた。

これは野放しにしていい存在ではない。

一刻も早く討伐しなければ。

だが……あまりにも恐ろしい。

軍務局に所属している、戦闘をすることが仕事である騎士や魔法使いが恐怖で足がすくんでいた。

プロの軍人でさえそうなのである。

まして実戦経験がない学生となれば……。

「あ、あれと戦うのか……？」

「いやだ……もう帰りたい……」

戦う前から戦意を喪失している者も数多くいた。

それはディセウムも同じであり、今すぐ逃げ帰りたい気持ちだったが、彼は王太子。

皆を置いて逃げるなど考えられなかった。

「後方支援の私達がそんなに怯えてどうする！　さらに前線で戦う兵士達がいるのだぞ！　彼らが安心して戦えるように魔法で支援するのだ！」

足を震わせながらそう言うディセウムを見て、生徒達は覚悟を決めた。

そしてその言葉は兵士達も聞いていた。

軍務局長は、この機を逃すまいと大声をあげる。

「まだ学生であられる殿下のなんと立派なことよ！　なのに大人である貴様らが怯えて動けないとは、なんと情けないことか！」

その言葉は、全ての兵士の心に刺さった。

「我らは戦闘のプロだ！　プロがプロたる所以《ゆえん》を学生諸君にお見せしようではないか！」

軍務局長のその言葉に、兵士達は……。

『おおおおお！！！！』

自らを奮《ふる》い立《た》たせるように大声を上げた。

「いくぞ！　アールスハイドの命運は我々に掛かっている！　一歩も引くことはまかりならん！」

兵士の士気が上がったことを確認した軍務局長は、全軍に指示を出す。

「魔法師団！　全力で魔法をブッ放せ！」

その号令で、第四次魔人討伐作戦が開始された。

魔法師団全員で放った魔法は魔人であるカイルに次々と着弾。

その土煙が晴れる前に、今度は騎士団に号令をかける。

「騎士団！　突撃ぃぃっっ‼」

たった一人の魔人であるカイルに、騎士団全員が向かう、冗談のような光景が繰り広げられた。

「学生達は周りの魔物への対処だ！　殿下！　頼みましたぞ！」

「お、おう！　任せろ！」

初めて見る本物の戦闘に、ディセウムは圧倒されていたが、軍務局長の指示通り、魔物へ魔法を放ち始めた。

日々魔物を相手に戦っている魔法師団の魔法とは比べ物にはならないが、これで魔法師団はカイルに集中できる。

作戦はうまくいっているように見えた。

だが。

「な⁉　む、無傷⁉」

カイルのもとに辿り着いた騎士が、土煙の中から現れたカイルの姿に驚愕する。

魔法師団全員の魔法が、一点に集中して着弾したのである。

その威力は地を震わせるほどであり、突っ込んでいく騎士の中には最初の魔法攻撃で討伐してしまったかもと思う者もいたほどだ。

ところが実際は成果なし。

カイルは全くの無傷で現れたのだ。

「あ……あ、あ」

こうなることは完全に予想外だった騎士は、一瞬動きを止める。

そして、その騎士を見たカイルは……。

ニヤッと笑った。

「ひっ……」

カイルが右手を横に薙ぐと、それに合わせて魔法が発動。

周囲にいた騎士を一瞬で屠ってしまった。

「う、うわっ！」

その後ろにいた騎士は、その光景を見て足を止める。

「ま、魔法師団！　アイツの動きを止めてくれ！」

このまま突っ込んでもやられるだけだと感じた騎士が魔法師団に要請をかける。

その要請を受けて再度魔法を放つ魔法師団。

周囲に騎士がいるため、最初ほどの威力の魔法は放てないが、それでもカイルの動きを止めることには成功した。

魔力障壁を張り、防御に意識が向いたのである。

その瞬間に、騎士が攻撃を仕掛けるが、今度は別の障壁を張り騎士の剣を止めてしまった。

「なあっ⁉　魔法と物理の障壁を同時展開だと⁉」
二つの異なる魔法の同時使用。
その超高等テクニックに驚きを隠せない魔法師団員達。
騎士達にその難しさは分からないが、非常にマズイ展開であることは分かった。
カイルは剣を振り下ろした騎士に向かって、魔法を放とうとしたのだ。
その瞬間死を予感した騎士だが、カイルの意識が他に削《そ》がれた。
カイルの隙をつこうと後ろから斬りかかった騎士がいたのだ。
その騎士の剣を防ぐため、そちらに障壁を展開したカイル。
すると、先程攻撃されかかった騎士がフリーになった。
後ろに意識が向き振り向いたカイル。
その更に後ろから斬りかかる騎士。
騎士は仕留めたと思った。
だが、その願いは叶わなかった。
カイルは後ろにも、というより全方位に物理障壁を展開したのだ。
「チィッ！　バケモンが！」
絶対に避けられない連携だったと思った騎士は、思わず悪態をつきカイルから離れた。
そして騎士が離れたタイミングで、今度は魔法師団の魔法が着弾した。
物理障壁を全方位に展開したことで、魔法障壁がなくなったのだ。

その隙を突いたのだが、カイルは物理障壁から魔法障壁へとすぐさま移行。

またしても魔法師団の魔法を防いでしまった。

何度攻撃しても尽《ことごと》く防がれてしまう。

「これが……あのマーリン＝ウォルフォードと同等だった男か……」

マーリンから聞いていた、カイルは自分と同等だったという言葉。

その意味を軍務局長はようやく理解した。

魔法師団の魔法集中攻撃をいとも簡単に防ぎ、騎士の剣を物理障壁で防ぎ、その隙をついた攻撃も物理から魔法へと障壁をスムーズに変換し防いでしまう。

魔物化した動物が身体強化の魔法を使えることは知られているが、人間が魔物化したからといって急にできるようになるとは思えない。元々これに近いことはできていたのだろう。

途轍もない技量だと言わざるを得ない。

こんな魔法使いが魔法師団にいるなんて知らなかった。

不当に扱わなければこんな事態にはならなかったかもしれないのに、と軍務局長は歯ぎしりした。

その間にも、騎士団と魔法師団の連携は続いている。

だが何度やっても成果は出ず、逆に騎士の方に何人か犠牲者が出ている。

それでもいつかは攻撃が通ると信じて攻撃を続ける。

粘り強く攻撃する騎士団と魔法師団。

その状況に先にキレたのは、カイルだった。

何度もついて離れて遠くから魔法が飛んでくる。

「ガアアアアアアッ！」

「うわっ！」

そのことにキレたカイルは、鬱陶《うっとう》しい騎士団を魔力の放出で吹き飛ばした。

そして、斬りかかってくる騎士がいなくなると、カイルは目標を見定めた。

「……おい。まさか……」

軍務局長がその視線の先を追い、とんでもないものを見つけた。

そこには魔法師団と、その近くで魔物に魔法を放ち討伐しているディセウムがいた。

「マズイッ！　殿下を守れ!!」

その軍務局長の言葉に、カイルがこちらを狙っていることに気が付いた魔法師団は大慌てで魔力障壁を展開する。

ディセウムも自身の障壁を張るが、更に数人ディセウムの周りで障壁を張った。

「来るぞ!!」

ディセウム達が障壁を張り終えたと同時に、カイルから魔法が放たれた。

学生達にとっても魔法師団員達にとっても、経験したことのない威力の魔法だった。

「で、殿下あっ！」

放たれた魔法を見て、軍務局長はディセウムが死んだと思った。

それほどの威力の魔法だった。

魔法師団が張った魔力障壁をいとも簡単に打ち破り、大勢の団員を巻き込んで魔法は着弾した。

「あ、ああ……」

軍務局長の口からは絶望の溜め息しか出てこなかった。

やがて魔法着弾時の土煙が晴れてくると、ようやく状況が見えてきた。

何人か生き残りはいるが、大勢の魔法師団員が倒れその屍を晒していた。

その中に、尻もちをつき、呆然としているディセウムを発見した。

「で、殿下!」

ディセウムの周りには何人かの魔法師団員が障壁を張っており、そこだけ障壁が厚くなっていたので助かったのだ。

軍務局長はディセウムが生きていたことを喜んだが、その喜びも束の間だった。

カイルが、ディセウムの近くに立っていたのだ。

周りのほとんどが倒れ伏す中、尻もちをついていたとはいえ身を起こしていたディセウムは目立ったのだろう。

仕留めきれなかった相手を仕留めるため、ディセウムの側にやってきたのだ。

「で、殿下！　お逃げ下さい！」

軍務局長は必死に叫ぶが、ディセウムは恐怖で体が動かない。

「あ、あ、あ」

やがてカイルに魔力が集まり、もうこれまでかと思われた、その時。

「殿下！　なっ⁉　うわっ‼」

軍務局長の横を掠めるように巨大な炎の魔法が通り過ぎ、ピンポイントでカイルを襲ったのだ。

一旦ディセウムへの攻撃を止め、魔力障壁を張ったカイルだったが、よほどの高威力だったのか、止めきれずカイルは吹き飛んだ。

「……へ？　え？」

殺されかけたこと、超強力な魔法が目の前で着弾したことなど、様々なことが一度に起きたディセウムは現状が呑み込めず間抜けな声を発していた。

軍務局長は、ディセウムが助かったことに安堵《あんど》すると共に、この魔法を誰が放ったのかと視線を移した。

その視線の先にいたのは……。

「ウ、ウォルフォード‼」

マーリンとメリダだった。

軍務局長が、考えうる最強の助っ人に思わず声をあげた。

だが、その歓迎の叫びを受けたマーリンは……。

「てめぇ、好き勝手暴れんのもそこまでだ」

友を攻撃しなければいけない苦渋に満ちていた。

「ウォルフォード！　お前、来ていたのか⁉」

「ああ、要請されてねえから、オッサンらの後をついてきた」

「そ、そうか。とにかく助かった」

軍務局長の言葉を聞き流していたマーリンは、戦場で尻もちをつき呆けているディセウムを見つけた。

「おいボウズ！」

「お、おまっ！」

「え？　あ、はい！」

突如王太子であるディセウムをボウズ呼ばわりしたことに軍務局長は驚くが、呼ばれたディセウムは命の恩人であるマーリンの言葉を素直に聞き返事をしてしまった。

「何人か生き残りがいんだろ。危ねえから、そいつら連れて後ろに下がってろ」

「ウ、ウォルフォード……そ、その方は……」

「い、いいんだ。分かりました、そうします」

「オッサンも、邪魔だ」

「お、お前は……はあ、分かった。おい！　負傷者を連れて戦線を離脱しろ！　ウォルフォードの邪魔になる！」

『は、はっ！』

自国の王太子の顔も知らないのかと軍務局長はマーリンに言いたかったが、今はそれどころではない。

周りにいた兵士に、生き残りの魔法師団員を連れて戦場を離脱するように指示を出した。

そして、吹き飛ばされたカイルが立ち上がる頃、戦場に残っていたのは、マーリンとメリダだけになっていた。

◆

「マーリン。あの方、王太子殿下だよ？　あんな口の利き方して大丈夫なの？」

「王太子？　……ああ、そういえばあんな顔してたっけな。まさかこんなところにいるとは思わなかったわ」

しれっとそう言うマーリンに悪びれた様子はない。

本当に気付いていなかったらしい。

「そんなことより、今はこっちだ」

「そうね……」

立ち上がり、こちらに向かってくるカイルを見て、メリダは悲しげな声を出した。

くる。

「赤い目……禍々しい魔力……本当に魔物とおんなじ……」

噂には聞いていたが、実際に目にすると驚きや恐怖より、悲しみの気持ちが起こって
兵士達にとっては、魔物の特徴を備えた今のカイルは恐怖の存在でしかない。

だがマーリンとメリダにとって、カイルは古くからの友人。

今のカイルの姿は、二人にとって『変わり果てた姿』なのである。

在りし日のカイルの姿を思い出すと、マーリンとメリダは悲しみの気持ちしか湧《わ》いてこなかった。

「ったく……なんて姿してんだよ、お前は……」

「カイル君……」

二人は今にも泣きそうだったが、魔人化したカイルにそんな気持ちはない。

「クク、カカカ」

まるで戦いを楽しむかのように笑うカイル。

その姿を見たマーリンはカイルに向かって声をかけた。

「カイル！　そんな戦闘を楽しむ奴じゃなかっただろ！　どうしちまったんだよ！」

「そうよカイル君！　目を覚まして！」

必死にカイルに呼びかける二人だったが、その声はカイルには届かない。

「ウウウ、アアアア!!」

そう叫び声をあげたカイルは、なんの躊躇《ちゅうちょ》もなく二人に向かって魔法を放った。

「カイル！」

「っ！」

咄嗟《とっさ》に自身の持つ防御魔道具で障壁を張るメリダ。

その障壁に魔法は完全に防がれ、カイルは不思議そうな顔をした。

そして、さらに表情を歪《ゆが》め歪《いびつ》な笑みを浮かべた。

「ちっ！」

先程よりも強力な魔法が放たれ、さすがにマズイと感じたマーリンも魔法を放つ。

まだカイルに対して遠慮があるマーリンの魔法はカイルの魔法を相殺しきれなかった。

だが、威力は大分削がれており、再びメリダの張る障壁によって阻まれてしまった。

その威力に、躊躇なくこちらを殺しにかかってきていることを実感したマーリン。

「カイル……テメエ……」

魔法をぶつけなければ自分もメリダもどうなっていたか分からない程の威力の魔法に、マーリンはついにキレた。

「いつまでも調子に乗ってんじゃねえぞ！」

先程とは比べ物にならないほどの魔力を集め、特大の炎を作り出したマーリンは、その炎をカイルに向けて放った。

「ゴアアアア!!」

カイルは魔力障壁を張りその魔法を防ごうとしたが、マーリンの放った魔法はカイルの魔力障壁を破り、初めてカイルにダメージを与えた。

その様子を見ていた兵士達、特に魔法師団員はマーリンの魔法の威力に驚愕した。

自分達がまとめて魔法を放っても、カイルの魔力障壁を破ることはできなかった。

それをたった一人の魔法で破ったのだ。

「すげえ……」

魔法師団員は、マーリンを畏怖《いふ》と尊敬の目で見始めた。

だが、当のマーリンは浮かない顔である。

「ちっ、カイルのヤロウ。相変わらず障壁張るのがウメエ」

「精密な魔力操作は、魔人化しても変わらないのね……」

先程の魔法は、マーリンにしてみれば必殺の勢いで放った全力の魔法である。

それを、完全ではないとはいえカイルは防いだ。

「ヤベエな……長くなりそうだ」

勝負が長期戦になりそうな予感に、マーリンは冷や汗を流す。

「防御は私に任せて。マーリンは攻撃に専念して」

そんなマーリンを見て、メリダが助言した。

役割を分担することで体力の消耗《しょうもう》を抑えようというのだ。

「……ああ。任せた……ぜっ!!」

なんのかんので十五年以上の付き合いである。

マーリンはメリダの言葉を無条件で信用し、再度全力の魔法を放った。

今度放った魔法は爆発の魔法。

カイルは障壁を張るが、そのまま吹き飛ばされた。

「……アンタの攻撃の時も障壁張らないといけないの？」

「悪いな、そこまで気を回せねえわ」

爆発の魔法ということは、カイルだけでなくこちらにも爆風が届く。

マーリンがその魔法を使おうとしていることを察知したメリダは、咄嗟《とっさ》に障壁を張っていたのだ。

「その割にはうまくやってんじゃねえか」

「アンタの考えそうなことは分かるからね……マーリン！　来たよ！」

「うおっ！」

吹き飛ばされたカイルが体勢を整えて再度魔法を放ってくる。

そして、それを相殺しようとマーリンが魔法を放ち、その余波をメリダが食い止める。

しばらくその繰り返しになり戦闘は膠着状態《こうちゃくじょうたい》に陥った。

「このままじゃ埒《らち》が明かねえな」

「マーリン？」

メリダは、マーリンが何かしようとしているのを敏感に感じとった。

そして、何をしようとしているのか問い質そうとする前に、マーリンが動いた。

「防御は任せたぜ！」

「はあっ⁉　ちょっ！　待ちなさい！」

メリダの制止も聞かず、マーリンはカイルに向かって突っ込んでいった。

「なんで突っ込むのよ‼」

突っ込んできたマーリンに向かって魔法を放とうとするカイル。

それを見て、慌ててマーリンの前に魔力障壁を展開させるメリダ。

精密な魔力操作が得意なカイルとは違い、湯水を作り出したり温風を作り出したりと魔法の応用が得意なメリダ。

そのメリダなら、魔力障壁を自分から離れたところに展開できるだろうと、マーリンは予測して行動を起こした。

実は今までその確認はしたことがない。

二人の信頼関係があってこそのマーリンの行動だった。

勝手に期待されたメリダはたまったものではないが。

ともかく、メリダはマーリンの期待通りに自分から離れた位置、マーリンの前に魔力障壁を展開させた。

これで至近距離から魔法を撃つことができると期待しての行動だった。

だが、この行動が意外な効果を見せた。

カイルがマーリンに向かって放った魔法が、二人の間、カイルに近いところで障壁にぶつかったのだ。

結局その魔力障壁も打ち破られてしまったが、障壁に魔法が当たった際の余波がカイルを襲ったのだ。

「ガアアアアッ!!」

予想外の事態にカイルは対処できず、自身が放った魔法でダメージを受けてしまう。

と、そこへ、至近距離からのマーリンの魔法が着弾したのだ。

「ゴオッ、エアッ……」

自身の魔法でダメージを受け、障壁を張る余裕がなくなったところに着弾したマーリンの魔法。

その結果カイルは、大きなダメージを受けた。

友人が自分の魔法を受け傷付いている姿に心を痛めるマーリン。

これ以上、この戦闘を続けたくないという思いから、一気に勝負を決めに来た。

カイルに向かって複数の魔法を一気に叩き込んだのである。

火球。

炎の槍。

爆破。

ありとあらゆる魔法を叩き込んだ。

それは、戦場となった大地を震わせるほどの威力。

その場にいた殆どの兵士達が、これで魔人は倒れただろうと思った。

だが、実際にその目で見るまで断定はできない。

兵士達は息を呑んで着弾の土煙が晴れるのを待った。

やがて土煙が晴れ、そこで兵士達が見たもの。

それは、再度魔力を高め魔法の準備をしているマーリンの姿だった。

その姿を見て、あれでも仕留められないのかと絶望しかけるがどうも様子がおかしい。

魔力は集めているが、魔法を放たない。

さらに土煙が晴れると、その理由が分かった。

マーリンから魔法の攻撃を受けたカイルは、すでにボロボロで地に伏していたからだ。

だが、まだ動いており止めは刺せていない。

そのカイルに向けてマーリンが魔力を集めた状態で待っているのだ。

兵士たちは、その一撃で終わりだと、すぐに発動させろと願ったが、マーリンは中々魔法を発動させない。

自分の魔法でダメージを受け、苦しんでいるカイルを唇を噛んで見ていた。

最後の魔法。

これを発動すればカイルは死ぬ。

俺が止めを刺す。

そう考えると、すぐに魔法が撃てなかった。

そう逡巡《しゅんじゅん》するマーリンのもとに、メリダが辿り着いた。

「マーリン……」

「ああ……分かってる」

メリダの言葉でようやく決心がついたマーリンは魔力を炎の魔法に変換。

そしてそれをさらに細く収束させながら、もはや虫の息のカイルに語り始めた。

「そういえば、お前だけだったよな、俺にずっとついて来てくれたのは」

語り始めたのは、中等学院時代に出会ってから今に至るまでの思い出。

「なんやかんやとうるさくてよ、でもずっと……友達でいてくれたよな」

高等魔法学院で失望し不良になったマーリンをずっと見捨てずにいてくれたカイル。

そのことにマーリンは感謝しかない。

「メリダとの結婚式の時もよ、お前、俺より緊張しててな……スレインが生まれた時は、誰よりも喜んでくれた……」

その時のことを思い出したのか、メリダは涙が止まらない。

「それなのに……それなのに俺は……お前のことをちっとも見ちゃいなかった……」

マーリンは、悲しみではなく、後悔の涙を流した。

「お前が、こんなになるまで苦悩してるなんて知らなかった。知ろうともしなかった。俺は……俺は最低だ……」

涙を流しながら、マーリンは魔法を完成させる。

「これは俺のエゴだ。自分勝手な思いだ。だけど、これがお前にしてやれる最後のことだと思ってる」

そう言ってマーリンは……。

「お前をその状態から解放してやる。お前を……救ってやる！」

ついに魔法を発動させた。

「……カッ……ハッ……」

胸の真ん中を炎の槍に貫かれたカイルは、一瞬息を吐きそして……そのまま倒れた。

最後に意識を取り戻すこともなく、最後に言葉を出す訳でもなく、ただ最後まで魔物として存在し……倒れた。

カイルが、その生命活動を終わらせたことを確認したマーリンは、その場に膝《ひざ》を突く。

「うっ……ぐぅっ……カイルゥ、ゴメン、ゴメンなぁ」

メリダは、いつも強気で弱さを見せたことがないマーリンが泣くところを初めて見た。

大切だった友人を、自分の手で倒してしまったマーリン。

その辛さは自分には想像もできない。

だが、カイルは自分にとっても大切な友人だった。

それをこんな形で失ってしまったことに、メリダも涙が抑えられない。

悲しみに暮れる二人には、周りで起きている大歓声が、ただただ耳障《みみざわ》りなだけだった。

エピローグ

魔人討伐達成。

討伐者はアールスハイド最強の男と名高いマーリンとメリダのウォルフォード夫妻。

その報《ほう》は瞬《またた》く間《ま》にアールスハイド王都だけでなく王国中を駆け巡り、マーリンとメリダは一躍《いちやく》アールスハイドの英雄に祭り上げられた。

しかも王太子ディセウムをすんでのところで救ったこともあり、国王からかなりの感謝を受けた。

王の信も篤《あつ》い英雄。

国民はこぞってマーリンとメリダを褒《ほ》め称《たた》えた。

国中が祝賀ムードに沸《わ》く中、その当事者であるマーリンとメリダは、祝う気にはとうていなれないでいた。

「マーリン、また新聞社の記者さんが来てたよ」

「……ちっ、うぜえ。追い返しといてくれ」

「もう追い返したよ。今回のことで喜びの言葉を……なんて言われても」

「喜びなんて微塵《みじん》もねえんだ。何もしゃべれねえよ」

今回マーリンが倒したのは、古くからの親友だったのだ。

それを倒したとして、二人にあるのは喜びよりも悲しみ。

だが、それを新聞社を通してコメントしたとしても市民に困惑を与えるだけ。

そのことを理解しているマーリンは、新聞社からの取材を尽《ことごと》く断り続けていた。

すると、そこに来客を告げるベルの音が鳴り響いた。

「また来たのかよ」

何度も何度も訪れる記者に苛立《いらだ》ちを覚えたマーリンは、直接言ってやろうと自分で玄関を開けた。

しかしそこにいたのは記者ではなかった。

「あ？　えーっと……」

「失礼、マーリン＝ウォルフォード殿で御座いますか？」

キッチリとしたスーツに身を包んだ壮年《そうねん》の男性。

記者とは到底思えないその出で立ちにマーリンは困惑する。

「そうッスけど……おたくは？」

「申し遅れました。私、総務局の事務長で御座います」

「総務局？」

アールスハイドは専制君主制の国家だが、国政を王一人が担っているわけではない。

その役割によっていくつもの部署をつくり、最終決裁を国王が行う体制である。

その中の一つである総務局。

マーリンはその部署が何をするところかまでは知らなかった。

だが、事務長の言葉でマーリンたちは驚愕《きょうがく》することになる。

「マーリン＝ウォルフォード殿、メリダ＝ウォルフォード殿。貴殿らはこの度の国難に対し、自らの身の危険を顧《かえり》みず、見事この危機を救ってくださいました。尚且《なおか》つ、ディセウム王太子《おうたいし》の身を救い、アールスハイドの未来も守ってくださった。その功績を称えて『勲一等《くんいっとう》』に叙《じょ》するものとします。おめでとうございます」

そう言って深々と頭を下げる事務長。

しかしマーリンには今一ピンとこない。

「勲一等？」

「勲章の最高位だよ！　あの、事務長さん。ほ、本当に私達にそんな勲章が授与されるんですか？」

「はい。今やお二人は救国の英雄。そのお二人に対する褒章《ほうしょう》となればこれくらいでなければ見合わないだろうと、全会一致で決まりました」

その言葉にメリダは眩暈《めまい》がしそうになった。

数ある勲章の中で、勲一等は国に対し多大な貢献をしたものに贈られる最上位の勲章だ。

それが自分達に授与される。

あまりの事態の大きさに、メリダの理解が追い付いてこなかったのだ。

「ふーん、まあいいや。貰えるもんは貰っとくよ」

「では後日、王城にて叙勲式《じょくんしき》がございますのでお迎えに上がります」

「はいよ」

「それでは」

そう言って総務局の事務長は帰って行った。

玄関の扉を閉めたところで、メリダが慌て始めた。

「ど、ど、どうしよう、どうしよう！　ドレス作んなきゃ！　マーリンの礼服も！　それからそれから……」

「なんだよ、どうしたんだよメリダ」

貰えるものは貰っておく、それしか考えていなかったマーリンは、メリダがなぜ慌てているのか理解していない。

それを見たメリダは……キレた。

「王城で叙勲式があるって言ってたでしょうが‼　沢山の貴族や王族方の前でやる式典だよ⁉　服装から髪型から所作まで気を遣うに決まってんでしょうが！」

その言葉を聞いたマーリンは、ただ、こう思っただけだった。

「うえ？　面倒臭《めんどうくせ》えなあ」

結局、メリダから服装について髪型について所作についてと徹底的に強制されたマーリンは、叙勲を気軽に受けたことを後悔していた。

◆

王城で行われた叙勲式は滞りなく終了した。

終始緊張していたマーリンとメリダはグッタリしていたが、その後のパーティーではさらにグッタリすることになる。

大勢の貴族や官僚達に囲まれてしまったからである。

しかしその囲みはある人物の登場によって解消することになった。

「マーリン殿！　メリダ殿！」

その声の主を確認した貴族や官僚達は、一斉に身を引いた。

「ご機嫌麗《きげんうるわ》しゅう、王太子殿下《でんか》」

「うん、そこのマーリン殿のお陰でな。正にあなたは私の命の恩人だ」

「おうボウズ。お前本当に王太子だったんだな」

マーリンのその言葉に、周囲は一気に凍り付いた。

王太子に対してボウズ呼ばわり。

これはいかに英雄といえども不敬罪《ふけいざい》に当たるのでは？

　そう思っていると、ディセウムは恥ずかしそうに口を開いた。

「本当に、マーリン殿の言う通り自分はまだ尻の青い子供なんだと、嫌というほど思い知らされましたよ」

　苦笑を浮かべながらそういうディセウムに、マーリンはさらに言葉を続ける。

「まあ、後ろでふんぞり返って指示出してるだけのお偉いさんより好感持てるから、いいんじゃねえか？　あそこのオッサンみたいによ」

　そして指差した先にいたのは軍務局長。

　王太子に続いて、軍務局長をオッサン呼ばわり。

　これは流石《さすが》に物理的に死ぬんじゃないかと思ったが、近寄ってきた軍務局長の態度は周囲の予想を裏切った。

「おうウォルフォード！　呑《の》んでるか⁉」

「こんなところで、たらふく酒飲んでんじゃねえよオッサン。わきまえろよ」

「ガハハハッ、おうおう一丁前のことを言いよるわ。魔人を討伐した後はおえ……」

「だあっ！　それ以上言うなオッサン！　シメんぞ！」

「むごがっ」

　まるで仲の良い友人のようなやり取りをするマーリンと軍務局長。

　その姿は、貴族や官僚達だけでなくディセウムにとっても意外だった。

　軍務局長といえば、強面《こわもて》で自分に対しても遠慮なく小言を言うので苦手だったのだ。

「マ、マーリン殿と軍務局長は仲が良いのだな」

この時、近くにディセウムがいたことに気が付いた軍務局長はすぐさま態度を改めた。

「左様です殿下。今回のことでも分かるように、ウォルフォードは希代の魔法使い。これを野に埋もれさせるのは国の損失。それ故、再三魔法師団へスカウトしていたのです」

それを聞いた周囲は、マーリンが魔法師団に加わるのかと色めき立つが、マーリンは即座に否定した。

「今回のことでハッキリしたけどよ。やっぱり俺は組織には向いてねえわ」

「ム……」

「そんなことよりオッサン。例の件どうなったよ？」

「ああ、カイル＝マクリーンの上司と、今回の件の査察官を呼んである」

「今すぐ会えるか？」

「会えるが……いいのか？　お前のためのパーティーだぞ？」

「……それが嫌だから早く抜け出したいっつってんだよ！」

マーリンが軍務局長に依頼していたのは、今回カイルが何故処罰されなければいけなかったのか、その経緯だ。

それがどうしても知りたかったのである。

そのため、カイルの上司を呼び出してもらい、状況を聞くことになったのだ。

パーティーを抜け出したマーリンとメリダは、カイルの部隊の隊長と査察官がいる部屋に入った。

そこにいたのは、疲れてゲッソリした感じの男。

その男はマーリンを見るなり駆け寄って感謝の言葉を投げかけた。

「ありがとう、ありがとう！　奴は俺を狙ってた。倒してくれて本当にありがとう！」

そう満面の笑みで礼を言う隊長。

その様子にマーリンは嫌悪感を隠しきれない。

メリダにまで手を伸ばそうとした隊長は、マーリンの手によって阻まれた。

「そんなことより、俺はアンタにカイルの様子を聞きたかったんだよ。カイルが今回の魔物の大発生を引き起こしたってどういうことだ？」

マーリンからの質問を受けて隊長はペラペラと自分に都合のいい説明を始めた。

それを聞いていたマーリンとメリダは、自分達の知っているカイルなら絶対にそんなことはしないという確信をもっていたため、隊長の言葉に段々と苛立ちを覚え始めていた。

「……と、そういう訳で魔物の大発生を確認したマクリーンは現場を放棄して逃げ出し、それを多くの村人に見られたという訳ですよ」

「まっこと、情けない男よ」

隊長の言葉を信じている査察官は、未《いま》だに憤りが抑えられない様子である。

だが、その言葉を受けたマーリンはとうとう怒りが抑えきれなくなった。

「おかしいなあ、おかしいぜ。なあ、メリダ」

「そうね。おかしいわね」

それにメリダもすぐさま同調する。

「な、なにがおかしいのかな？」

マーリンとメリダから今の説明がおかしいと指摘されて動揺する隊長。

するとマーリンは、今回の魔物大発生の件について説明し始めた。

「今回よお、魔物の大発生を鎮静化させたのって俺なんだわ」

「ほ、ほう。そうだったんですか。いや、さすがは英雄になられるようなお方だ、実力が違いますな」

「それでな、カイルの奴は俺と同等の力を持ってたんだ」

「そ、そうなんですか！」

マーリンの言葉に殊更《ことさら》驚いてみせる隊長。

だが、その隊長に突っ込んだのはマーリンではなく同席していた軍務局長だった。

「貴様！　上司でありながら部下の実力を正確に把握《はあく》していなかったというのか⁉」

「そ、そんなつもりでは！」

「落ち着けよオッサン。でな、今回の大発生も数は多かったけど、正直魔物自体は大したことなかったんだよな」

「そ、それはウォルフォード殿だからこそ……」

「だ・か・ら、その俺と同等のカイルが現場を放棄して逃げたとは、とても思えないんだよなあ」

その言葉に、軍務局長の顔が引きつった。

そして、査察官は青くなった。

「カイルの実力なら、あの程度の魔物の群れ、一人でどうにかなったはずなんだよ。なのに逃げたことになってる。おかしいなあ？」

「カイル君は責任感の強い人だもの、魔物が発生したら討伐するまで帰らないわ」

「つまりだ」

マーリンは結論を言う。

「カイルはあの森でなんらかの異変を感知した。だがアイツは魔法師団の団員、組織の人間だ。独断は避け報告と判断のために王都に戻った」

「そして、タイミング悪く王都に引き返したすぐあとに魔物の大発生が起きた。タイミング的に逃げ出したと見えたのでしょうね」

その指摘を受けて、まず震えだしたのが査察官だ。

査察官は隊長の態度に感銘《かんめい》を受け、カイルが全ての元凶《げんきょう》だと決めつけて対処した。

しかし、マーリン達の話は筋が通っているし、魔人化したカイルがアールスハイドにもたらした被害を考えるとその実力は疑いようもない。

ひょっとして、自分は虚偽《きょぎ》の申告を信じてしまったのではないか？

そう思い、隊長の顔を見ると……。

すでに青色を通り越し、土色になっていた。

その姿を見た査察官は。

「き、貴様！　私に嘘を吐《つ》いたのか⁉」

「ひ、ひいっ！　申し訳ございません！」

「貴様が虚偽の申告などするから私は……」

「見苦しいぞ‼」

隊長に責任を問う査察官を、軍務局長が一喝する。

「その虚偽の申告を大した調査もせずに信じたのはお前の落ち度だ！」

「し、しかし……あの時の軍務局は魔物の大発生への対処で混乱しており、細かい調査をしている時間は……」

その言葉に軍務局長はブチ切れ、査察官を殴り飛ばした。

「時間がなかったから調査せずに査察した⁉　貴様！　自分が何を言っているのか理解しているのか⁉」

証拠もなく、思い込みでカイルに罰を下したのだと、査察官は今自ら告白したのだ。

そのことをようやく自覚した査察官は項垂れた。

「も、申し訳……御座いません……」

「貴様にもじっくりと調査したのちに処分を与える。下がれ！」

「はい……」

のろのろと立ち上がり部屋を出ていこうとする査察官。

その様子をホッとしながら見ていた隊長に、マーリンが声をかける。

「何ホッとした顔してんだよ？」

「え？」

隊長は、この一件が査察官の調査不足による冤罪《えんざい》で決着したと勝手に思った。

だが、その元凶はこの隊長なのである。

逃げられる訳はない。

「虚偽の申告をした元凶がよ」

「あ……」

「うむ。先程の査察官も許せぬが一番許せないのはお前だな」

「本当に、こんな人間がいるのね」

自分の保身のために部下を売る。

その行動が軍務局長の怒りを買い、メリダは心底隊長を見下していた。

「まあ、今回の件でコイツが処分されんのは当然なんだけどな。それより俺が知りたいのはこれ以前のことなんだよ」

「これ以前？」

「ああ、オッサンは俺に、魔法師団ですぐに出世できるって言ってたよな？」

「そうだ。それは今でも変わっておらん、今すぐにでも……」

「悪いけどそういう話じゃないんだ。俺がすぐに出世できるのはなんでだ？」

「当然、他の誰にも負けない魔法の実力があるからだ」

「それ、カイルもそうだよな？」

「む……」

「だったらなぜカイルは昇進できなかった？」

その言葉を隊長に向けて放った。

「そ、それは……マ、マクリーンは勤務態度が宜《よろ》しくなく、何度注意しても……」

「ああ、悪いけどそれはない。断言してやるぞ、絶対にない！」

実力十分な人間が昇進できない理由の一つに勤務態度の悪さがある。

隊長は咄嗟《とっさ》にカイルがそうであったと言うが、言葉の途中でマーリンに強く否定されてしまった。

「私も断言するわ。真面目はカイル君の代名詞みたいなものだった。そのカイル君の勤務態度が悪い？　冗談でも言って欲しくないわね」

だが、実際に勤務先で一緒だったのは隊長なのである。

なのでさらに言い募ろうとしたが、今度は軍務局長に遮られた。

「勤務評価には勤務態度は悪くないとされているぞ？　しかもそれを作成したのはお前

だ」

その軍務局長の指摘に、隊長は唇を嚙んだ。

こんなことなら面倒臭がって全部普通にするのではなく、勤務態度に問題ありとしておけば良かったと後悔した。

部下に勤務態度の悪い者がいると、その改善報告を提出するのだが、面倒だったのだ。

どうすれば言い逃れができるのかと、必死で頭を回転させている隊長だが、その結論が出る前に、マーリンが隊長に向かって先に答えを出してしまった。

「つまり、自分で出した部下の評価も覚えてない訳だ。それって、実力を正当に評価されていると言えるのか？　どうなんだオッサン」

「とてもそうは言えんな」

「大方、自分の部下に置いとけば色々と便利だから、昇進させずに飼い殺しにしてたんじゃねえのか？」

「……それが本当だったら、貴様、相当の厳罰は覚悟しろよ？」

軍務局長にそう言われて、隊長はさらに焦った。

なぜならマーリンの指摘の通りだったからである。

そして必死に言い訳を考えた結果、彼は最悪な結論を出す。

「そ、そうだ！　マクリーンは普段から不正を……」

隊長はそこまでしか言葉を発せられなかった。

ブチ切れたマーリンに後頭部を押さえられ、そのまま机に叩きつけられたからである。

「ごはっ！」

「カイルが不正だと……あの真面目が服を着ているような男が不正だと⁉　どの口がそんな戯言《ざれごと》を抜かしやがった⁉」

「ウォルフォード、落ちつけ！　奥方もマーリンを宥《なだ》めてくれ！」

机は壊れ、そのまま床に押し付けられた隊長は苦し気なうめき声をあげるが、マーリンは一向にその拘束を解こうとしない。

軍務局長はメリダにマーリンを落ち着かせてもらおうと声をかけるが……。

「……は？」

メリダもキレていた。

つかつかと隊長に近付いたかと思うと、その足で隊長の後頭部を踏みつけた。

「私……不正をする人間って大嫌いなんですよねえ……しかもその罪を一番不正から遠い人物に擦り付けるなんて……虫唾《むしず》が走るわね」

マーリンに頭を押さえこまれメリダには踏まれる。

屈辱的な行為だが隊長から抗議の声はあがらない。

なぜなら……。

「マーリン！　奥方！　それ以上はこの者が死んでしまう！　それまでだ！」

もう泡を吹いて気絶していたからだ。

その様子を見たマーリンとメリダは……。

「「……殺そうかな？」」

二人そろってそんな物騒なことを言い出した。

それにはさすがに軍務局長も必死で止めた。

「駄目だあっ!!　二人をその者から引き離せ！」

一緒に来ていた軍務局長の護衛に無理矢理マーリンとメリダを隊長から引き離させた。

そして、そのことに不満そうな態度を見せるマーリンとメリダを見て軍務局長は。

「この……似たもの夫婦が」

そう言わずにはいられなかった。

◆

結局隊長は、部下への不当な評価と今回の虚偽の申告により、国に混乱を起こした責任を問われ逮捕されることになった。

査察官は、降格と罰金になるだろうとのこと。

討伐されてしまったカイルに比べて軽微な罰になったと感じざるを得ないが、今回の件により軍務局長が約束したことがあった。

それは、実力者が正当に評価される人事評価基準を改めて作成するということ。

カイルは犠牲になってしまった訳だが、それを礎《いしずえ》として今後の魔法師団、騎士団の人間が正当に評価されていくようになる。

そう考えると、今回の着地点としては悪くないのではないかと、そう思うことにした。

「この考え方も俺のエゴなのかね」

「なにが？」

「カイルの本当の仇《かたき》は、俺達が討ったぞ……ってな」

パーティーからの帰り道、馬車ではなく歩いて帰ることを選択した二人は、歩きながら今回の騒動について話していた。

カイルを苦しめてきた魔法師団での評価。

その仕組みを根本から変えさせることができたのが、カイルへの一番の弔《とむら》いになるのではないか。そう考えたのだ。

だが、その考え方自体がエゴではないかと思ってしまう。

実際にカイルを討伐したのはマーリンであり、そのことは揺るがない事実だ。

その事実から目を背けるような考え方なのではないか？

マーリンはそう考えていた。

しかし、マーリンの言葉を聞いたメリダは、歩きながらマーリンと腕を組んだ。

「そんなことないよ。カイル君、いつも悩んでたじゃない。その元凶を変えることができたのなら、それはカイル君の仇を討ったことになるんじゃない？」

そう言われたマーリンは、夜空を見上げて呟《つぶや》いた。

「カイルならこう言うかもしれねえな『マーリンに気を遣われるとはね』ってな」

「ふふ……確かに」

友人を失った悲しみを払拭するかのように、二人はカイルとの思い出を話しながら家路を辿った。

そして、その途中である重大なことに気が付いたのである。

「……やべえ」

「ん？　どうしたの？」

「おみやげ……」

「……あ！」

「『スレインへのお土産忘れてた！』」

子供なので叙勲式にもパーティーにも呼ばれなかったスレインに、パーティーの料理を土産に持って帰ってくると約束していたことをすっかり忘れていたマーリンとメリダは、大慌てで王城への道を引き返していった。

◆

今回の魔人討伐により、マーリンとメリダのウォルフォード夫妻に、国王直々に二つ名が贈られることになった。

メリダは、すでに市民の生活を向上させている功績から、民衆を良き方向に導く者という意味を込めて『導師《どうし》』とされた。

そしてマーリンの二つ名は議論が分かれた。

すでに世間に浸透しているのは『業火《ごうか》の魔術師《まじゅつし》』や『破壊神《はかいしん》』といった、攻撃的なイメージの二つ名だ。

実際のマーリンの性格も攻撃的であるので、ある意味ピッタリなのだが、国としては攻撃的なイメージよりも、国を守るイメージが欲しかった。

そこで出された結論が……。

あらゆる魔法を極めた救国の英雄という意味を込めて、

『賢者《けんじゃ》』


と呼ばれるようになった。

この二つ名を貰ったマーリンが、床を転がって悶絶《もんぜつ》したのは言うまでもない。


（つづく）

あとがき

『賢者《けんじゃ》の孫《まご》』初めてのスピンオフを読んで頂き、ありがとうございます。

スピンオフの主役に選ばれたのは、本編ではすっかり存在感の薄くなってしまったマーリンと、もはやこの人抜きでは本編を語れなくなってしまったメリダです。

伝説の英雄とまで言われているマーリンとメリダが、どういう経緯でそう呼ばれるようになったのか。

本当はそんなつもりじゃなかったのに、終わってみたら英雄と呼ばれてた。

そんな話にしたかったので、そう受け取ってもらえたらいいなと思います。

それにしても、今回のイラストも菊池政治《きくちせいじ》さんにお願いしたのですが、本編以上にメリダをとても可愛く描いて頂いて、本当にありがとうございます。

本編では世界の陰の支配者みたいになってきてますからね……。

今回も出版させて頂くにあたり、携わってくださった全ての方に感謝します。

特に、こうしてスピンオフまで出させて頂いたのは応援してくださった読者の皆様のお陰だと思っています。ありがとうございます。

Ｗｅｂ連載と共に、今後もよろしくお願いします。

二〇一七年　十一月　吉岡《よしおか》　剛《つよし》

■ご意見、ご感想をお寄せください。……………………………………………
ファンレターの宛て先
〒102-8078　東京都千代田区富士見1-8-19　ファミ通文庫編集部
吉岡 剛先生　　菊池政治先生

■QRコードまたはURLより、本書に関するアンケートにご協力ください。…………………
https://ebssl.jp/fb/17/1635
- スマートフォン・フィーチャーフォンの場合、一部対応していない機種もございます。
- 回答の際、特殊なフォーマットや文字コードなどを使用すると、読み取ることができない場合がございます。
- お答えいただいた方全員に、この書籍で使用している画像の無料待ち受けをプレゼントいたします。
- 中学生以下の方は、保護者の方の了承を得てから回答してください。
- サイトにアクセスする際や、登録・メール送信時にかかる通信費はご負担ください。

FBファミ通文庫

賢《けん》者《じゃ》の孫《まご》 Extra《エクストラ》 Story《ストーリー》
伝説《でんせつ》の英雄達《えいゆうたち》の誕生《たんじょう》

よ7
2-1
1635

2017年11月30日　初版発行
2018年3月25日　第2刷発行

著　者　吉《よし》岡《おか》 剛《つよし》
発行者　三坂泰二
発　行　株式会社KADOKAWA
〒102-8177 東京都千代田区富士見2-13-3
電話 0570-060-555（ナビダイヤル）　URL:http://www.kadokawa.co.jp/
編集企画　ファミ通文庫編集部
担　当　佐々木真也
デザイン　coil 世古口敦志
写植・製版　株式会社スタジオ205
印　刷　凸版印刷株式会社

〈本書の内容・不良交換についてのお問い合わせ〉
エンターブレイン カスタマーサポート　0570-060-555（受付時間 土日祝日を除く 12:00～17:00）
メールアドレス：support@ml.enterbrain.co.jp　※メールの場合は、商品名をご明記ください。

ISBN978-4-04-734888-2 C0193

定価はカバーに表示してあります。